ARSÈNE ALEXANDRE

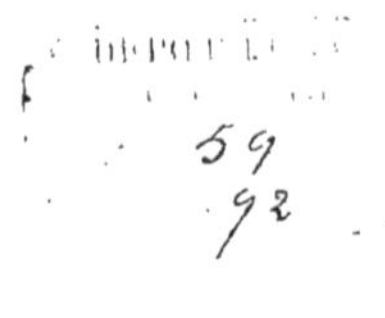

LA SŒUR DE PIERROT

ILLUSTRATIONS DE A. WILLETTE

PARIS

LA SŒUR DE PIERROT

SOCIÉTÉ ANONYME D'IMPRIMERIE DE VILLEFRANCHE-DE-ROUERGUE
Jules Bardoux, Directeur.

ARSÈNE ALEXANDRE

LA SŒUR DE PIERROT

ILLUSTRATIONS DE A. WILLETTE

PARIS
LIBRAIRIE CH. DELAGRAVE
15, RUE SOUFFLOT, 15

1893

LA SŒUR DE PIERROT

CHAPITRE PREMIER

« Est-ce un garçon ou une fille? demanda Mme Létoile d'une voix faible comme un souffle, mais où l'on sentait une anxiété.

— Ma fî, dit une parente de la campagne qui s'approcha en ajustant ses lunettes, je crois ben que c'est un garçon, mais il ne fait tant seulement pas plus de bruit qu'une petite fille. »

Tout le monde était anxieux. M. Létoile, tout le premier, était étranglé par une grosse émotion. Il avait beau redresser majestueusement sa petite tête correcte et faire de prodigieux efforts pour conserver le calme qui convient à un chef de bureau du ministère de la Justice, on voyait bien qu'il eût mieux aimé se trouver dans son cabinet, assis en son vaste fauteuil de moleskine verte, et compulsant ses dossiers.

Le docteur Desmauves mit du temps à rendre son oracle. Ce n'était pourtant pas une question bien compliquée qu'on lui adressait; mais ce savant homme, chétif, vieillot et circonspect, aimait à réfléchir avant de parler. Puis, il paraissait beaucoup plus intéressé et plus hésitant, à la fois, que ne sont les médecins en semblable circonstance. Il examinait sur toutes les faces le petit être pâlot et falot qu'on avait déposé dans un moïse garni de rubans blancs et de très blanches dentelles. Il le palpait, regardait ses menottes crispées, semblait interroger ses yeux clos et s'étonner de ce qu'aucun son ne sortît de son gosier délicat.

Le nouveau venu était d'ailleurs en fort bonne santé; seulement il était pâle et, contrairement à l'usage, ne poussait point de ces cris aigus de petit lapin à qui l'on a marché sur la patte. En revanche, véritable paquet de nerfs, il s'agitait et faisait des soubresauts de clown en très bas âge.

Enfin il parla, le docteur Desmauves. Il parla à sa façon, d'une voix timide et bredouillante, entrecoupant chaque parole de toussoteries et de bizarres clapements de langue. Toute la famille prêta l'oreille.

« Hum! hum! c'est... miam, miam,... ou bien évidemment, ce n'est pas, hum! une fille; miam, miam... C'est, hum! hum! hum! un garçon, miam, et un très joli garçon...

— Ah! mon Dieu, soupira Mme Létoile, moi qui aurais tant désiré une fille! »

Le petit docteur Desmauves ne prit pas garde à l'interruption et continua, comme pour lui-même, l'exposé de ses observations. D'ailleurs Mme Létoile venait de laisser retomber sa tête sur les oreillers et de s'endormir.

« C'est donc un, miam, miam, un monsieur, hum! hum! qui ne demande qu'à devenir un homme...

— Nous en ferons un fonctionnaire modèle, de mon fils! prononça M. Létoile, en exultant et en donnant à ces deux monosyllabes: « mon fils », une longueur insoupçonnée.

— Hum! hum! toussota M. Desmauves avec un peu d'impatience, n'aimant pas à être si souvent interrompu. Je disais donc que ce n'était pas une fille, miam, miam, miam; mais que c'était un garçon. Pourtant, hum! s'il fallait exprimer toute ma pensée, hum! hum! j'ajouterais volontiers que, miam, miam, c'est un, hum! hum! ou que ce sera, miam, un Pierrot. »

Un Pierrot! Pour le coup tous les assistants eurent un tressaillement de surprise, et crurent que le docteur Desmauves était frappé de folie. M. Létoile devint rouge comme un coq; et s'il n'avait pas eu pour principe de refréner toujours son premier mouvement, il aurait pris par le bras et conduit à la porte le vieux monsieur qui se permettait de faire de telles plaisanteries dans une occasion aussi solennelle. Mais le médecin paraissait si tranquille et si sûr de son fait, qu'on le laissa « exprimer toute sa pensée ».

« Parbleu ! pas un Pierrot avec, miam, miam, de la farine sur la figure, hum ! hum ! et une blouse blanche avec de grandes manches, miam, miam, et de gros boutons bleus, hum ! hum ! Mais pas moins un vrai Pierrot pour cela, hum ! c'est-à-dire un être sensible, hum ! comme, miam, miam, une demoiselle; léger comme un moucheron, hum ! paresseux et crédule, miam, miam, comme un jeune caniche; un peu bon, un peu méchant, un peu sage, hum ! hum ! un peu, miam, miam, un peu... écervelé; un charmant garçon, miam, à tout prendre, mais dont vous aurez, hum ! hum ! bien de la peine, mon bon Monsieur Létoile, à faire, hum ! un fonctionnaire modèle.

— Oh ! nous le materons ! dit une voix grave qui partit d'un coin de la chambre.

— C'est cela, nous le materons ! s'écria impétueusement M. Létoile. M. le chef de division a trouvé l'expression juste. Nous le materons; nous en avons maté bien d'autres ! »

M. Protocol des Cabuches, supérieur hiérarchique de M. Létoile, et qui lui avait fait l'honneur de venir assister à la naissance de son héritier, se leva en se rengorgeant. Le docteur Desmauves lui lança un regard malicieux, auquel M. des Cabuches riposta par un coup d'œil plein de morgue et d'hostilité.

« Mais d'abord, mossieu, interrogea le chef de division, comment se fait-il que vous ayez pu deviner tant de choses à l'inspection pure et simple d'un enfant qui ne dira papa et maman que dans une dizaine de mois ?

— Oui, oui, appuya M. Létoile, comment pouvez-vous deviner cela?

— Oh ! j'ai vu, hum ! hum ! bien des choses dans ma carrière, miam, miam, et tout cela est une question de pénétration, hum ! et de divination, miam, miam. Mais qu'il vous suffise de savoir que je ne me suis jamais, hum ! jamais trompé... Bien, ajouta M. Desmauves après avoir pris un temps, que les Pierrots soient une espèce rare, hum ! bien rare ! et qui va de jour en jour, hélas ! hum ! hum ! se perdant. On ne les reconnaît que mieux. Je ne vous dirai pas qu'ils sont, hum ! hum ! très heureux dans la vie. Mais c'est peut-être parce qu'ils sont différents des autres hommes, miam, miam (oh ! très différents, mais ce n'est pas leur faute, hum ! hum !) qu'on leur pardonne difficilement leurs frasques, miam, miam, les plus inoffensives. Quoi qu'il en soit, conclut le médecin en regardant par-dessus ses bésicles M. Protocol des Cabuches, c'est à peine si on rencontre un Pierrot pour cent imbéciles. »

Après avoir lancé cet aphorisme sans le moindre hum ! ni miam ! cette fois, M. le docteur Desmauves pirouetta sur ses talons, ôta tranquillement sa calotte de velours, la roula et la mit dans sa poche, plia ses lunettes, les introduisit dans leur étui, et sortit le plus flegmatiquement du monde, après avoir fait quelques recommandations aux parentes de la campagne, ou de la ville, qui déjà s'empressaient à donner à boire au Pierrot. Et celui-ci buvait avec une ardeur prophétique.

Le docteur aurait pu ajouter bien des traits encore à son esquisse d'une physiologie du Pierrot, s'il s'était senti entouré d'un auditoire capable de le comprendre, et s'il n'avait deviné, au mécontentement visible de son honorable client, qu'il en avait déjà dit trop long. Il aurait pu expliquer, par exemple, que les Pierrots naissent ainsi, un beau jour, sans qu'on sache le moins du monde pourquoi ils éclosent dans les milieux les moins propres en apparence à leur servir de cadre. Peut-être ont-ils eu pour grand-père ou arrière-grand-père quelque Pierrot façonné comme eux, aussi nerveux, aussi cabriolant, aussi organisé de façon à déconcerter les gens graves, tels que M. Protocol des Cabuches.

Mais à quoi bon ? M. Protocol aurait traité ces idées de chimères, et comme, en sa qualité de chef de division, il exerçait une influence considérable sur le digne M. Létoile, qui n'était que chef de bureau, celui-ci aurait dit comme lui. C'était un de ces hommes que l'on ne saurait qualifier autrement que de « sévère, mais juste », M. Protocol. Il descendait depuis des générations incalculables d'une famille où l'on avait été fonctionnaire de père en fils. Un de ses ancêtres était, affirmait-il, commis expéditionnaire dans les bureaux de M. de Louvois ; un autre vérifiait les additions dans les mémoires dressés par le secrétaire du secrétaire de M. Turgot. On n'avait point, à son baptême, trouvé de prénom plus

« C'EST A PEINE SI L'ON RENCONTRE UN PIERROT POUR CENT IMBÉCILES. »

imposant et plus digne de ses illustres origines que celui de Protocol; il ne figure pas dans les almanachs, mais il est expressif, élégant et noble, et il se trouva convenir à merveille à l'homme méticuleux et inexorable qui était le dernier représentant du nom de des Cabuches.

Quant à M. Létoile, il possédait les mêmes qualités que son supérieur, mais en moins brillant, comme il convenait à un subordonné. Il était doué d'une probité exemplaire, d'une économie qui voisinait avec l'avarice, d'un entêtement remarquable. Son intelligence était moyenne, peu capable de s'élever très haut. Il n'aimait pas les gaietés trop vives, ni les imaginations trop riches. Par-dessus tout, la correction le charmait, et il y trouvait, eût-on dit, une ivresse particulière.

Sur la cheminée de son salon, il exigeait impérieusement que les deux flambeaux fussent à une distance d'une égalité mathématique de la pendule en bronze doré qui représentait la Justice et la Vengeance célestes poursuivant le Crime. Ce groupe, d'ailleurs, qui faisait son orgueil, représentait assez exactement la nature de son propre esprit : immobilisé dans le métal rigide, et captif sous la cloche de verre, il était majestueux et inerte. Les fauteuils d'acajou à pieds droits et à dossiers anguleux étaient recouverts d'un velours du même vert que le drap d'une table de ministère. Si une servante inattentive avait interverti l'ordre de ces sièges ou les avait écartés d'un centimètre de la place qui leur était assignée, M. Létoile lui eût démontré par de longs et rigoureux discours que c'est ainsi qu'on s'engage dans la route du crime. Dans ce salon pendait un lustre enveloppé de gaze jaune pour le préserver des mouches, précaution bien inutile, car les mouches, mourant d'ennui, n'avaient jamais pu y coloniser.

Le reste de l'appartement que M. Létoile occupait dans une rue large et humide, derrière le Panthéon, était meublé et décoré à l'avenant. Sa chambre à coucher, par exemple, dans laquelle le docteur Desmauves venait de lancer son mémorable pronostic, était également tendue de vert et meublée de l'inévitable acajou; un portrait de magistrat en robe rouge, la seule peinture qu'on rencontrât dans la maison, était accroché à la muraille. Malgré ses airs de portrait de famille, c'était simplement une toile de médiocre qualité qu'en un jour de folle prodigalité M. Létoile avait achetée chez un brocanteur, trouvant que « ça ferait bien chez lui ». Pour achever d'un trait son caractère, le linge, l'argenterie et les meubles étaient marqués des trois lettres L, O, I. Non pas que M. Létoile voulût faire croire à ses visiteurs qu'ils étaient dans le temple de la LOI elle-même; mais ayant remarqué, dans un moment de profonde méditation, que les initiales de ses prénoms et de son nom : Onésime-Irénée Létoile, n'avaient besoin que d'un léger déplacement pour figurer le mot sacramentel, il avait tenu à éterniser, pour son entourage, cette surprenante coïncidence.

Ajoutons enfin qu'une fois par semaine il recevait à sa table un petit cercle de gens bien pensants : un greffier du tribunal civil; un huissier, dont la conversation eût été fort agréable, s'il ne l'avait émaillée d' « items », d' « afin qu'il n'en ignore » et autres termes de chicane « généralement quelconques » ; enfin deux ou trois fonctionnaires, dont le plus important était M. Protocol des Cabuches, et leurs épouses, dames d'excellentes manières qui s'étaient donné le mot pour être maigres, avoir le nez pointu et les dents larges et jaunes. Tout ce monde s'amusait à sa façon, qui était de parler, sans jamais rire, de la pluie, du beau temps et de la nécessité de réprimer impitoyablement les écarts d'une classe très nombreuse de la société qu'ils désignaient sous le nom mystérieux de : « ces gens-là ».

Je ne saurais vous dire exactement ce qu'ils entendaient par ces mots, mais il y a tout lieu de croire que la catégorie comprenait pêle-mêle les voleurs, les assassins, les artistes, et même les braves bourgeois qui aiment la gaieté, la bonne vie simple et large, les parfaitement belles fleurs et les causeries où le cœur s'épanche.

Pour les parents ou parentes de campagne, qui étaient de la famille de Mme Létoile, quand ils venaient dîner, ils étaient tellement frappés de respect qu'ils n'osaient dire une parole, ce qui leur évitait de sèches remontrances de M. le chef de bureau, ni à peine toucher aux plats, ce qui ne déplaisait pas à ses goûts d'économie.

Dans ce milieu peu favorable à l'éclosion d'un Pierrot, comme l'avait si judicieusement fait remarquer le docteur Desmauves, elle n'était pas heureuse, la pauvre Mme Létoile. Elle avait jusqu'à vingt ans vécu à la ferme de ses parents ; elle avait alors de bonnes joues pleines avec des fossettes rieuses; elle était généreuse et tranquille personne et ne rêvait point autre chose que d'avoir un bon mari, gai comme elle, et de devenir une façon de mère Gigogne.

Lorsque M. Létoile lui fit l'honneur de demander sa main et qu'elle ne sut point résister à la volonté de ses père et mère, éblouis par cette alliance avec un monsieur qui était dans la Justice, elle eut de cruelles déceptions et devint une créature toujours bonne et douce, mais surtout résignée et repliée. Elle souhaitait d'avoir une fille, car elle craignait qu'un fils ne ressemblât trop à M. Létoile. Nous venons de voir que cette crainte, au dire du médecin, était chimérique, mais nous avons vu aussi que la pauvre femme n'avait point entendu l'horoscope.

M. Létoile, à vrai dire, n'était pas méchant, mais il n'était pas bon non plus. Il était sec, ce qui est une façon de neutralité du cœur. Pourtant, comme c'était un grand jour, et qu'une occasion aussi heureuse que la naissance d'un fils lui permettait le sourire, quand M. Protocol des Cabuches fut parti, et que l'enfant, ayant cessé de boire, se fut endormi, il s'approcha de sa femme qui venait de rouvrir les yeux, et il lui tapota les mains et les joues aussi gaiement qu'il pouvait.

« Eh bien, puisque ce n'est pas une fille, reprit Mme Létoile d'une voix encore affaiblie, mais où de la confiance renaissait, je voudrais bien... Promets-moi, mon ami, que tu veux bien aussi ; j'ai eu un rêve ; promets-moi...

— Je promets tout ce que tu voudras.

— Promets-moi que nous l'appellerons Pierre. Je trouve cela le plus beau nom pour un homme.

— Pierre!... Pierre !... dit le petit chef tout effaré; Pierre, c'est déjà le commencement de Pierrot!

— Hein ? mon ami ?

— Rien, rien, une distraction. Pourquoi pas plutôt Onésime, Irénée, ou bien encore... puisque M. des Cabuches veut bien être parrain, pourquoi pas... Protocol?

— Quelle horreur ! Pierre, je te dis ! Voyons, tu ne me refuseras pas la seule chose que je te demande... Pierre !... Et puis Pierrot, après tout, c'est gentil ; ce sera mon petit Pierrot. »

M. Létoile paraissait fâché; mais comme il était toujours maître de lui, il se contenta de murmurer : « Nous le materons. »

« Que dis-tu encore, mon ami ? demanda Mme Létoile alarmée.

— Rien, rien ; un mot de M. des Cabuches. »

Il n'y eut pas, d'ailleurs, de sanction immédiate à tous les propos que nous venons de rapporter. M. Létoile, peu de jours après, son congé étant terminé, reprit ses graves occupations du ministère ; M. Protocol continua ses visites régulières ; et Mme Létoile se donna tout entière à la douce et délicate tâche d'élever son fils. Quant au petit docteur Desmauves, dont on ne pouvait pas, pour une théorie scientifique, oublier les bons services, il se contenta dorénavant, toutes les fois qu'il était appelé, de hocher la tête avec des sourires ridés, et de murmurer des : « C'est ça », des : « Ça va bien », comme un savant qui voit réussir l'expérience dont il aurait prévu les moindres péripéties.

Pierre Létoile eut une enfance chétive, contrariée de maladies et troublée de fièvres. Vers l'âge de trois ou quatre ans, pourtant, sa nature, assez vigoureuse, prit le dessus; mais il demeura très pâle, avec des yeux très brillants et des lèvres très rouges. Il était maigre et souple; et comme sa mère l'habillait toujours de blanc avec des boutons et des rubans bleus, il faisait rire sur son passage les autres petits enfants. Aussi aimait-il peu leur société, les devinant hostiles. Il préférait demeurer à la maison, ou bien, aux rares intervalles où sa mère l'emmenait à la ferme de ses grands-parents, faire de longues courses dans les champs et dans les bois. Il avait huit ans alors; il était ignorant et parlait peu.

A la campagne il devenait exubérant et fou. Il grimpait dans les arbres, faisait de terribles bonds pour sauter les ruisseaux, causait avec les bêtes par monosyllabes, et avec les oiseaux par petits cris. De soudains accès de tristesse alternaient avec ces crises de gaieté, et lorsque sa mère lui demandait, inquiète, ce qu'il avait, il répondait d'une voix basse et d'un air étonné :

« Je ne sais pas. »

A la maison, renfermé, il savait au moins quelque chose, c'est qu'il s'ennuyait. Il avait des moments terribles qui déconcertaient et indignaient M. Létoile. Sa faim persistante, vu la chère modérée qu'on faisait, le poussait à mettre la main sur les réserves les mieux gardées, de même que sa soif, assez inusitée chez un jeune garçon, et peut-être un vestige des fièvres de la toute première enfance, le poussa plus d'une fois à dérober des bouteilles qu'il buvait à la régalade. Les plus affectueuses remontrances de Mme Létoile, qu'il chérissait et câlinait pourtant, n'y purent rien faire.

De même les sévérités de son père ne purent tout d'abord le déterminer à apprendre à lire. Mais un jour, ayant déniché dans un coin un volume dépareillé et poudreux de l'histoire de *Don Quichotte,* il rattrapa en un mois le temps perdu, et se mit à lire avec une telle passion que M. Létoile un jour jugea bon de confisquer le livre. Pierre ne dit rien, ne pleura même pas.

Seulement comme on le cherchait, une heure après, on le découvrit dans la chambre en train de danser, devant le portrait du magistrat en robe rouge, une danse sauvage accompagnée de pieds de nez frénétiques.

Devant tous ces peu équivoques symptômes, M. Létoile se renfrognait de plus en plus, et un jour, dans son majestueux cabinet du ministère de la Justice, dans son cabinet au large fauteuil de cuir vert, aux flambeaux de style Empire, aux cartons poudreux où sommeillaient les dossiers, un garçon de bureau qui lui apportait des pièces à la signature le surprit le menton dans sa main, livré à une méditation profonde. Rappelé à lui-même en sursaut, M. Létoile foudroya le pauvre homme d'un regard terrible — qui ne s'adressait pas à lui — et s'écria d'un air égaré :

« Le fils de Létoile, Onésime-Irénée, L, O, I, *LOI,* est un Pierrot ! »

Le garçon se retira et ne dit rien. Il ne fit même point part de cette étrange aventure à ses collègues; car on est discret, au ministère, et on redoute les malsaines curiosités de la presse.

Mme LÉTOILE PRÉSENTA SON FILS AU CENSEUR DU LYCÉE PHARAMOND

CHAPITRE II

Monsieur le chef de division avait bien promis que nous le materions, ce récalcitrant Pierre Létoile. Mais comment obtenir qu'il ne s'intéresse pas au vol des mouches plus qu'il ne convient à un garçon entré dans l' « âge de raison » ? Comment lui faire comprendre que c'est une mauvaise préparation aux fonctions officielles, que de crayonner sur les portes une vague charge représentant à s'y méprendre le nez majestueusement aquilin et les longs favoris grisonnants de M. des Cabuches, supérieur hiérarchique de son père? Comment le convaincre que les élastiques des bottines ne sont pas spécialement destinés à fabriquer de rudimentaires mandolines, et que le fils d'un collaborateur du garde des sceaux manque de dignité lorsqu'il tire la langue aux gamins qui crient sur son passage : « Pierrot! Pierrot! » ou se collète avec eux comme l'héritier d'un simple chiffonnier?

La perplexité de M. Létoile était grande. Il n'osait se confier à son chef, car le vicieux, l'indomptable naturel de son fils avait dépassé tout ce qu'il avait craint, et donnait à la prévision du médecin une confirmation trop éclatante. Dire tout cela à M. Protocol des Cabuches, malgré l'amitié dont il honorait la famille, eût été pour le pauvre chef de bureau une honte terrible à boire. Il se contentait donc de refréner avec une sorte de fureur froide toutes les poussées de cette muette gaieté qui auraient fait pour tout autre père, du pauvre Pierrot un être fantaisiste un peu, mais confiant, bon et charmant surtout. Il lui tenait aussi de profonds discours, pendant lesquels Pierrot s'ennuyait à mourir, et plus d'une fois s'endormit.

« Il faut écouter ton père, disait Mme Létoile dans les moments de grand désespoir (Pierre ne pleurait point à ces moments-là, mais les coins de sa bouche se crispaient et son nez se fronçait piteusement). Il faut l'écouter et lui obéir, mon enfant, car c'est un homme d'une grande intelligence, qui t'aime bien au fond, et rêverait pour toi de hautes destinées : au moins une place de chef de division ! C'est que c'est beau, un chef de... Qu'est-ce que tu as ? »

La maman Létoile ne finissait pas sa phrase, son admiration étant coupée net par l'air plus piteux encore de son Pierrot, qui pensait au sévère M. Protocol, et ne souhaitait pas de jamais lui ressembler.

Pierre alors se blottissait câlinement contre Mme Létoile, à la fois désolée et ravie, et demandait :

« Mais, maman, qu'est-ce que je fais de mal ?

— Oh ! mon enfant, bien des choses.

— C'est mal, très mal, d'attraper des mouches ?

— Ce n'est pas un exploit bien merveilleux ; mais ce n'est pas non plus absolument un crime.

— Alors, c'est mal de taper sur les vauriens qui m'appellent Pierrot et insultent le fils de mon papa ?

— Il vaut mieux mépriser les railleries. Et puis alors, pourquoi ne m'en veux-tu pas aussi quand je t'appelle Pierrot, mon Pierrot ?

— Oh ! toi, maman, ce n'est pas la même chose. »

Et Pierre embrassait Mme Létoile, follement, avec une impétuosité maladroite et tendre, dans le cou et sur les mains.

« Pierrot, tu ne seras jamais sérieux.

— Qu'est-ce que c'est qu'être sérieux ? Avoir un faux col et des favoris ?

Je me ferai un faux col avec du papier et des favoris avec le crin de mon oreiller.

— Il ne manquerait plus que cela !

— Enfin qu'est-ce que je fais de mal? Est-ce que c'est très mal encore de dessiner la figure de M. des Cabuches? C'est très joli de savoir bien dessiner! et puis, moi, tu sais, je voudrais être peintre!

— Chut! ne dis jamais cela devant M. Protocol. Il ne peut pas souffrir les artistes!

— Ah! mais il m'ennuie votre monsieur Pot-à-colle. Et un de ces jours, oui, un de ces jours!... »

Pierrot n'achevait pas sa menace, mais sa pâle face devenait mauvaise, et sa mère terrifiée redoutait un malheur, une de ces scènes terribles où M. des Cabuches, malmené par Pierrot, quitterait la maison et tiendrait en disgrâce M. Létoile. C'était alors à perpétuité la fureur du chef de la famille, la maison de correction pour Pierrot. Et la mère suppliait, disait à Pierrot qu'il lui faisait beaucoup de peine. En proie à de douloureux remords sans se sentir vraiment coupable, il pleurait, caressait, promettait, mais sentait bien au fond que sa mère eût voulu, elle aussi, le voir gambader, se développer en toute liberté et en toute plaisante folie, conformément à sa nature, n'eût été la crainte de l'Administration!

Pierre Létoile avait, après ces entretiens, de brefs intervalles de résignation qui pouvaient passer pour la sagesse enfin naissante. Dans ces moments il était engourdi et benêt, et son père reprenait quelque espoir. Mais la contrainte était trop dure, et crac! un matin on le cherchait. Pierrot avait abandonné le logis pour courir la rue, qui l'attirait et où il pensait trouver un peu plus de joie qu'à la maison.

« Pierrot! Pierrot! » C'étaient les polissons qui l'interpellaient, raillant sa mine de carême, sa pâle mine d'enfant confiné dans un appartement maussade. Il avait, en se retournant, un bon et confiant sourire, pensant qu'on voulait jouer, et prêt à se mettre de la partie. Mais il avait bientôt démêlé la part de férocité dans les rires, les traces d'envie à l'égard de sa sveltesse et de sa souple allure. Les appels se changeaient en basses moqueries, et les rires étaient les avant-coureurs des pinçons et des coups.

« Pierrot! Pierrot! » C'étaient les bourgeois qui, sur son passage, riaient aussi, mais d'un bon gros rire niais, comme si les Pierrots n'eussent pas eu le droit de se promener par les voies publiques comme eux, les bons bourgeois. Il en fut parfois qui murmurèrent avec aigreur : « Si c'est permis de fagoter un enfant comme cela! » Et Pierre, qui aimait pour sa commodité et sa fraîcheur sa blouse de coutil, et qui, de plus, admirait le goût maternel, se sentait profondément blessé, et méditait de jouer à ces bourgeois des tours affolants.

« Pierrot! Pierrot! » C'étaient les sergents de ville qui le regardaient de travers, comme s'il eût été un danger pour la sûreté des rues, ou plutôt comme s'ils s'étaient souvenus, souhaitant de s'en venger sur lui, des tours que le vrai Pierrot, démon enfariné, joue dans les théâtres à l'Autorité.

« Pierrot! Pierrot! » Ah! pour le coup Pierre Létoile n'avait plus d'inquiétude, ni de colère, ni de haine, ni de chagrin, quand son nom était prononcé par cette petite voix tendre et joyeuse. Il était six heures du soir. Pierre traversait le Luxembourg, se hâtant de peur de manquer la rencontre souhaitée. De loin il apercevait la fillette franchissant la grille, son panier d'une main, donnant l'autre à une vieille dame très humble, en robe de mérinos et en chapeau noir. Cette fillette était une amie. Elle ne rit pas quand, pour la première fois, elle rencontra le flâneur. Il la remercia d'un regard tristement reconnaissant. Puis un jour il s'était approché et avait parlé à « ces dames », qui lui avaient fort poliment répondu. On avait causé, oh! beaucoup causé de la pluie et du beau temps. La vieille dame était peu loquace, semblait fatiguée, bonne, à jamais attristée, ne prenant plaisir qu'à voir heureuse sa petite compagne.

Pierrot, muet, écoutait. La petite fille parlait, parlait, avec des rires sans fin. Il ne sut rien d'autre, pourtant, pendant ces rares conversations (car il ne pouvait s'échapper tous les jours à l'heure voulue) que ces vagues renseignements : elle s'appelait Guiguiche; elle était en apprentissage dans un atelier, du côté de Vaugirard ; la bonne femme était sa grand'mère ; Guiguiche n'avait jamais connu ses parents ; elle avait dix ans comme lui. Pierrot savait encore qu'elle avait des cheveux noirs, de yeux bleus très grands, une bouche rouge comme une cerise.

CETTE FILLETTE ÉTAIT UNE AMIE

Quand ils marchaient ainsi tous les trois, et qu'il les accompagnait un trop petit bout de chemin, Pierrot, heureux, paraissait moins pâle, et les passants faisaient à peine attention à lui.

Un soir Guiguiche ne parut pas. Pierrot fut d'un calme (oh! quelle douleur au fond!) qui à table enchanta son père : « Est-ce qu'il se formerait? » Le second soir, le troisième, l'absence fut la même. Allez donc trouver « un atelier du côté de Vaugirard »! Il se disputa furieusement avec le premier gamin qui lui rit au nez, se battit comme un crocheteur, et arriva chez lui vers la fin du repas, saignant, couvert de boue, un œil noir, une oreille demi-arrachée, sa blouse en lambeaux...

« Vous pouvez vous retirer immédiatement dans votre chambre, dit M. Létoile d'une voix glaciale. J'ai à parler, avec votre mère, de choses graves dont vous serez informé. »

Pierre s'en fut, plus chagrin que colère ou inquiet. Mme Létoile, au contraire, sentait qu'un grand parti allait être pris et avait beaucoup de crainte et de peine.

« Madame, dit le terrible petit père Létoile d'un air plus solennel encore que de coutume, et en employant le *vous* des grandes occasions, vous avez bien mal élevé le dernier des Létoile.

— Hélas! mon ami, il était si chétif!

— J'étais chétif aussi, moi, et cela n'a pas empêché qu'on ne m'élevât dans la crainte des autorités de mon pays, le respect des représentants de la société, et l'amour de l'ordre. Votre fils me paraît de plus en plus n'avoir de ces choses sacrées que des idées confuses. Tranchons le mot : c'est un garnement.

— Lui? Mon Pierrot! un garnement? Vous le connaissez mal et vous êtes dur pour lui. Si vous saviez comme il est bon au fond!

— D'abord ne l'appelez pas Pierrot. C'est ce vocable fatal qui a tout perdu; on commence par le nom, et on finit par la chose. Je maintiens donc que c'est un garnement, et de la pire espèce. Que pensez-vous que nous devions faire de lui?

— Mais... le garder près de nous, lui donner de bons conseils. Je te jure qu'il se corrigera, en le prenant par la douceur.

— Le garder est la seule chose dont il ne soit pas question. Que voulez-vous qu'il soit : apprenti chez un cordonnier, saute-ruisseau chez notre excellent ami M. Lépineux, huissier de première instance, ou enfin séquestré dans une maison de correction jusqu'à ce qu'il soit en âge de s'engager?

— S'engager! s'écria Mme Létoile en frémissant et en prenant soudain courage; s'engager pour aller se faire tuer en Afrique? Jamais. J'irai plutôt en Afrique moi-même! Et pourquoi pas aussi dans une maison de correction? Notre enfant n'est pas un malfaiteur.

— Ma foi, il s'en faut de si peu, répliqua M. Létoile avec mépris. Mais nous ne discuterons pas ce point, puisque vous faites cause commune avec lui. Vous préférez donc qu'il soit initié à l'art de la chaussure? Très bien.

— Jamais de la vie non plus! Vous n'y pensez pas, et vous êtes devenu absolument barbare, à la fin, Monsieur Létoile. Un enfant si gentil, si spirituel, devenir un savetier, une brute qui fume et qui chique, parmi les vieux cuirs qui sentent mauvais! Vous voulez donc qu'il meure dans six mois? ou bien qu'il perde toute sa grâce, à laquelle vous êtes insensible?

— J'y suis bien insensible, en effet, car je n'ai jamais trouvé de grâce à un monstre.

— Vous êtes un père dénaturé. Vous n'avez jamais remarqué ses yeux et son sourire, et...

— Ses yeux sont effrontés, et son sourire est, pour un garçon de dix ans, le cynisme même. Encore une fois, je ne discuterai pas là-dessus. Il sera donc, puisque vous ne voulez pas autre chose, petit clerc chez Me Lépineux. »

Mme Létoile n'eut pas moins horreur de cette perspective; mais elle jugea plus politique de ne pas résister de front pour la troisième fois. Elle fit simplement remarquer qu'une telle position sociale forcerait Pierre à traîner par les rues plus souvent encore qu'à présent. M. Létoile parut frappé et prit la mine d'un homme qui se résout à être magnanime.

— Eh bien, soit; nous tenterons donc, pour le mater, du quatrième moyen, celui que m'a suggéré mon honorable ami M. Protocol des Cabuches, bien que ce soit beaucoup trop beau pour un aussi triste sujet...

Mais oui, Madame Létoile! vous semblez étonnée; je me suis décidé, en effet, buvant toute honte, à consulter M. des Cabuches, pour qui sans doute vous partagez l'antipathie de M. Pierrot? Il est donc convenu que dans huit jours, à la rentrée des classes, précisément, Pierre ira comme interne au lycée Pharamond. M. des Cabuches m'a promis de le recommander à toute la sévérité du censeur, qui est un de ses amis...

— Et puis?... demanda en tremblant Mme Létoile.

— Et puis? C'est bien simple, nous en ferons un bachelier, de gré ou de force, et il entrera comme surnuméraire dans notre administration, si des malheurs n'arrivent pas d'ici là et si le lycée lui met un peu de plomb dans la cervelle.

— Il est si délicat... (C'est tout ce que trouva à dire Mme Létoile en étouffant ses larmes.)

— Si par sa mauvaise conduite il se fait chasser du lycée Pharamond, ce qui est fort vraisemblable, continua M. Létoile qui feignit de n'avoir pas entendu, nous suivrons la gradation suivante : Petit clerc d'abord; s'il se rend intolérable à Me Lépineux et ne mord pas à la procédure, savetier; s'il est inapte à cette profession, enfermé et puis soldat. J'ai dit, et toute parole de plus serait superflue. »

Le chef de bureau se leva, posa sa serviette et sortit.

Trois jours après, Mme Létoile, désolée, présentait son fils au censeur du lycée Pharamond, un petit homme chauve, avec des favoris de nuance difficile à définir, sorte d'acajou poussiéreux, et d'énormes lunettes à verres fumés, ronds et bombés.

« C'est ce jeune homme que m'a recommandé M. des Cabuches? Très bien. Il n'est pas commode, paraît-il? Très bien. Nous l'assouplirons, hé! hé! hé! Serviteur, Madame. Tachaud, conduisez Madame et ce jeune homme, montrez le dortoir, le réfectoire et la cour de récréation. Vous verrez, Madame, nous sommes très confortables. »

Tachaud, un garçon de salle aux yeux chassieux, qui marchait en traînant des savates, et qui fleurait vaguement l'eau-de-vie, fit visiter l'établissement. Pierre, plus pâle que jamais, se serrait contre les jupes de sa mère silencieuse et que Tachaud semblait conduire elle-même au supplice. Ils sentaient l'humidité moisie des longs corridors leur tomber sur les épaules. Les salles d'études, avec leurs tables noires, sentant l'encre rance, leurs gradins raboteux, leur parurent des lieux de mystérieuses tortures. Enfin ils parcoururent avec une espèce d'angoisse le dortoir, avec sa rangée de petits lits de fer et ses tables de nuit en sapin; le réfectoire, avec ses tables de marbre graisseux, sa persistante odeur de vieilles eaux de vaisselle; la cour de récréation, plus triste encore que tout le reste, où pour toute herbe poussaient de petits cailloux, et où tout l'ombrage était représenté par de très anciens squelettes de tilleuls depuis longtemps décédés.

Tout cela faisait du lycée Pharamond le type parfait du lycée préhistorique, de celui où l'effroi régnait et où la contrainte était la base de toute méthode.

Avec un profond soupir Pierrot et sa mère se trouvèrent dehors; soupir de soulagement momentané, mais aussi de chagrin, à la certitude que bientôt Pierre Létoile allait vivre là dedans. Il fallut ensuite aller chez le tailleur du lycée, qui prit mesure pour une tunique, un pantalon, un gilet, essaya des képis. Et lorsque, pour son avant-dernier jour de liberté, Pierre Létoile revêtit cette livrée noire, avec un léger filet rouge, couleurs qui, succédant à son blanc et à son bleu chéris, lui parurent celles de l'enfer, il fut à la fois comique et triste à voir. Sa frimousse ronde, effarée, était plus pâle sous le képi gauchement coiffé. Il flottait dans sa tunique, voulue trop grande par le tailleur, — un homme pas commode, — en vue de la croissance réglementaire. Son pantalon, en revanche, un peu trop court, pour qu'il ne s'usât pas par le bas, découvrait ses maigres chevilles enveloppées de bas bleus; ses mains fluettes, au bout de ses manches retroussées, pendaient inoccupées et maladroites. C'était Pierrot potache!

Quand il arriva dans la cour de récréation, où peu à peu les élèves rentraient reconduits par leurs parents, ce fut une joie, — pour les autres, bien entendu. On se pressait autour de lui d'un air de moquerie et d'étonnement. Les maîtres semblaient prendre part à l'amusement des gamins, et regardaient en souriant et en se détournant un peu.

Pierre, centre d'un cercle de figures méchantes, ouvertes d'un rire hargneux, les contemplait assez tranquillement, les trouvant laides. Pourtant il était ému au fond, cherchait un visage ami, et, ne le trouvant pas, il commençait à avoir le tic qui chez lui remplaçait les larmes : le froncement de nez et les coins de bouche abaissés. Pour le coup, les rires devinrent bruyants, tout à fait hostiles. Un petit qui avait une figure crochue et une épaule un peu plus haute que l'autre s'approcha méchamment, et secouant à la déchirer le pan de la belle tunique neuve, s'écria en bravache, pour se bien faire venir des autres :

« Eh! ça va bien, mon ami Pierrot?

— Pas mal, et toi, mon vieux Polichinelle? » dit Pierre Létoile, qui venait de reprendre courage, sentant le danger. Et, en pirouettant sur le talon, il leva l'autre jambe et décoiffa du bout du pied le questionneur.

Le cercle rit de nouveau, mais cette fois sur un autre ton. Polichinelle eut un air piteux. Les mains qui s'apprêtaient à tirer les cheveux s'abaissèrent. Les poings fermés en vue de traîtres coups s'ouvrirent d'eux-mêmes. Les souliers ferrés calmèrent certaines impatiences. Le cercle se desserra, et Pierre alla s'asseoir sur une marche, tirant de sa poche des noisettes, les cassant avec ses dents, les grignotant, non sans tirer la langue, de loin, à ses nouveaux camarades qui le regardaient encore à la dérobée.

A partir de ce moment, il fut considéré comme un bon compagnon par ses camarades, comme un gaillard avec qui on pourrait s'amuser. En revanche, les surveillants le jugèrent dangereux et se promirent de le tenir serré.

Ils n'y manquèrent point.

Pierre ne s'acclimatait pas, et n'était guère aussi aisé à assouplir que l'avait juré le censeur aux lunettes bombées. Il connut les privations de dessert; les lignes à copier avec des porte-plumes triples, pour aller trois fois plus vite, mais qui n'amenaient d'autre résultat, le subterfuge découvert, que de s'augmenter du double; les cachots où l'on grave, sur les bancs et les tables, des imprécations et des souhaits de vengeance; les mortelles « retenues de sortie ».

Rien n'y faisait. Pierre demeurait contemplatif, rêvant aux mouches nombreuses et aux astres absents. Il apprenait ce qui lui plaisait, ne se souciait pas du reste; ne passait point pour sot, tout en devenant de plus en plus taciturne; se mêlait peu à ses camarades, jugeant les uns trop laids ou trop bêtes, et méprisé des autres, les bûcheurs et les têtes à concours.

Un an à peu près se passa ainsi, les mauvaises notes se multipliant comme ronces, et M. Létoile, malgré l'attentive diplomatie de la maman, faisant entrevoir de jour en jour la deuxième étape, l'entrée chez l'huissier. Pierre, au fond, souhaitait cela presque plus que la continuation de sa captivité. Tout lui valait mieux, croyait-t-il, que cet ennui qui le rongeait, cette anémie qui l'affaiblissait et lui ôtait sa tressaillante souplesse d'autrefois. Pourtant, au moment le plus aigu de la crise, tout d'un coup, il demeura sans nouvelles de chez lui. Puis un jour Tachaud vint le chercher en classe :

« On vient vous chercher de chez vous. »

— Qu'est-ce qu'il y a donc? demanda-t-il à la bonne qui l'attendait.

— Monsieur Pierre le verra tout à l'heure, » répondit-elle en franchissant la porte sombre du lycée Pharamond.

PIERROT ET BLANCHE S'ENTENDAIENT D'AILLEURS COMME DES COMPÈRES.

CHAPITRE III

Pierre s'attendait bien à quelque surprise, et, parmi les suppositions les plus désagréables, il s'évertuait à choisir la pire. Aussi, en entrant dans le salon paternel, faillit-il tomber à la renverse en voyant — ce qu'il vit.

Sur la cheminée, de chaque côté de la Vengeance céleste poursuivant le Crime, deux grosses bottes de fleurs dans des vases de porcelaine éclairaient toute la pièce d'une gaieté de fête. Le lustre apparaissait dépouillé de sa gaze jaune ; les fauteuils avaient été débarrassés de leurs housses, et tout ce luxe, que Pierre n'avait jamais vu de sa vie, lui mit tout d'abord au cœur beaucoup plus d'inquiétude que de confiance. Mais où il perdit contenance, où il rougit, pâlit, rerougit et bégaya, c'est quand il aperçut son père entrant, le visage illuminé d'un large sourire et se frottant joyeusement les mains. Pierre crut tout d'abord que ce rire était menaçant et féroce : il eut envie de tourner le dos et de s'enfuir précipitamment.

M. Létoile ouvrit ses bras tout grands ; Pierre esquissa le geste de se cacher la figure avec son coude.

« Viens donc m'embrasser, mauvais sujet! »

Pierre regarda autour de lui, instinctivement. Il n'y avait pas de doute : c'était bien son père qui lui parlait; un père nouveau, inconnu, un père affectueux, presque gai. Mais c'est égal, il ne s'y fit pas tout de suite, Pierrot. Il ouvrit ses yeux les plus ronds et sa bouche en petit *o*. Puis, pour dire enfin quelque chose, il demanda d'une voix qui tremblait :

« Maman va bien?

— Certainement, elle va bien, ta mère, et très bien, mon garçon. Tu vas la voir à l'instant, et ta petite sœur aussi.

— Ma... ma... petite sœur? demanda Pierrot, à qui la tête tourna, et qui sentit sa poitrine haleter.

— Oui, oui, une nouvelle petite sœur, qui sera plus sage que toi, j'espère, et t'apprendra la sagesse. Mais qu'est-ce qu'il a maintenant?... Ah! mon Dieu, il devient fou!

— Ça n'est rien, ça n'est rien, papa. »

Pierrot avait chancelé d'abord sous le coup de l'émotion, trop vive pour son corps de gamin affaibli par le régime de Pharamond. Puis il avait compris. Une grande joie, la seule qu'il eût éprouvée depuis ses promenades avec Guiguiche, mais plus forte encore, l'envahissait. Et le voilà qui, soudain, secouait la main en faisant claquer ses deux doigts contre son pouce, à la manière des collégiens, en criant : « Chic, alors! » Ensuite, il esquissait une gigue ou une danse peau-rouge, en levant les bras au ciel et laissant ballotter ses mains. Enfin, après avoir fait trois fois le tour de la table verte, il s'arrêtait devant la pendule, la bénissait d'un geste drolatique, et, calmé après tout cela, il suppliait :

« Oh! papa, allons la voir tout de suite, la mioche!

— Hum! hum! grommela M. Létoile un peu rembruni, mais pas tout à fait fâché pourtant; voilà une manière peu convenable de témoigner sa joie. Enfin, je ne dirai rien pour aujourd'hui. Nous reviendrons une autre fois sur le chapitre des bonnes façons... Heureusement, ajouta-t-il en lui-même, que M. Protocol n'était pas là. »

C'ÉTAIT SA SŒUR, SA PETITE SŒUR . . .

Pierrot suivit son père dans la chambre. Sur une chaise longue sa mère se trouvait à demi couchée. Il courut l'embrasser et se cacha dans son cou, les larmes aux yeux : « Mon Pierrot, mon bon petit Pierrot ! » murmura-t-elle. M. Létoile n'avait pas entendu ce nom prohibé; sans cela il eût probablement froncé le sourcil, par habitude. Mais il était trop absorbé par quelque recommandation qu'il adressait d'une voix solennelle à la nourrice, qui chantonnait sa complainte monotone en faisant osciller un berceau. Pierre reconnut son ancien berceau à lui, avec des rideaux d'une guipure plus légère et plus soyeuse et, au lieu de ses rubans bleus d'autrefois, des rubans d'un rose très doux. Et sur la cheminée on avait placé aussi des fleurs, des rosès blanches et des roses roses, à peine roses.

Pierre s'approcha sur la pointe du pied et en joignant les mains. Il riait de son rire muet, les dents brillantes, les yeux vifs, dans une sorte d'extase. C'était sa sœur, sa petite sœur, une confidente à venir, une petite fille à défendre contre les vrais méchants, — il n'était pas méchant, lui, — dont il avait déjà éprouvé que la vie était pleine. C'était sa sœur, sa petite sœur, qui était dans la maison, — depuis combien d'heures? pas beaucoup, puisqu'on ne lui avait rien dit jusqu'alors, — et qui déjà avait fait un miracle : rendre souriant le chef de la famille redouté. Il lui parlerait, quand elle saurait parler, en toute confiance, comme à sa mère; il seraient trois contre deux, maintenant : M. Protocol et le père Létoile n'auraient qu'à bien se tenir contre cette coalition de trois faiblesses étroitement unies. Il n'aurait plus de peine, puisque la consolation perpétuelle serait là. Pierrot se disait toutes ces choses vaguement, pensant à trop d'images à la fois, suivant sa coutume, pour se bien rendre compte de ses sensations et de ses projets. Mais ce qu'il sentait bien, c'est qu'il était heureux. C'était sa sœur, c'était sa petite sœur!

Elle ouvrit les yeux et sentit penchée au-dessus d'elle cette face longue et pâle, avec une bouche ouverte et un regard étincelant. La petite créature, à peine vivante et respirante, ne voyait évidemment goutte, à travers ses paupières mal décollées; mais Pierrot avait de l'imagination : « Elle me regarde, » dit-il.

Une imperceptible grimace passa sur le minuscule visage. « Elle me rit ! s'écria-t-il avec ravissement. Oh ! oh ! oh ! » A ce oh ! oh ! oh ! modulé d'une voix basse, la grimace s'accentua, mais non pas en rire. « Je lui ai fait peur ! » soupira Pierrot tout désolé. Les petites mains transparentes, infiniment délicates, agitèrent leurs doigts ; un pied battit contre la couverture : un cri perça l'air, cri d'impatience. Pierrot était consterné et voyait ruinés tous ses rêves.

La nourrice prit le poupon et le fit teter. Elle tetait avec avidité, la sœur de Pierrot, et sa crispation se calmait à vue d'œil. La figure redevenait moins rouge, et les doigts mignons s'apaisaient. Un petit murmure de satisfaction, tenant du grognement et du soupir, puis le profond sommeil revint.

« C'était ça ! clama Pierrot ravi.

— Oui, c'était ça, dit Mme Létoile qui avait suivi avec émotion le manège. Elle t'aimera bien et tu l'aimeras bien, pas, mon Pierre ?

— Est-ce que la nourrice ne peut me la laisser porter... un tout petit instant ?

— Oui, mais prends garde ! »

Pierrot, entre ses bras, reçut la pouponne empaquetée, s'étonnant de n'en point sentir le poids, la dévora des yeux, n'osant approcher ses lèvres des joues rondelettes, ayant entendu dire que « ça mangeait les couleurs ». Elle en avait si peu, la fillette ! « Elle est tout de même un peu moins pâle que moi, dit-il à demi-voix. » Et avec autorité : « Elle me ressemble. » Tout le monde se prit à rire. Pierre fronça le sourcil. « Je vous dis qu'elle me ressemble ; elle me ressemblera ; j'en suis sûr ! J'en suis sûr !... Là ! » fit-il en la replaçant sur ses matelas exigus, et arrangeant les couvertures, tapotant les oreillers, plissant les dentelles avec de coquettes et comiques précautions.

« Elle s'appellera Blanche, affirma-t-il, passant à une autre idée.

— Pourquoi Blanche ? demanda M. Létoile.

— Parce que je le veux.

— Oh ! oh ! dit le père d'un ton qui sentait les anciennes fâcheries. Vous devenez bien vite le maître, pour une fois qu'on vous laisse quelque liberté.

— Parce que maman veut bien, se reprit Pierre timidement, en jetant à sa mère un regard suppliant.

— Mais oui, mon ami, je le lui ai dit tout à l'heure, à cet enfant. Tu n'auras pas entendu.

— Allons ! cela m'est égal, si cela vous fait plaisir. »

Décidément M. Létoile était métamorphosé. C'était trop beau pour durer. Pierrot s'en aperçut bien lorsque, peu de jours après, M. Létoile ayant repris toute sa gravité, et les fleurs de la cheminée s'étant effeuillées, il reçut de son père l'avis formulé d'un ton bref, qu'il rentrerait le lendemain au lycée Pharamond... « pour que ses études n'en souffrissent pas ».

Ce fut une douche glacée. Si c'était pour ses études, elles étaient assez malades, et n'en souffriraient guère pour un peu de plus. Si c'était pour lui, il ne l'entendait pas comme cela. Il se croisa les bras, se raidit sur ses jambes comme pour mieux prendre racine au plancher du salon.

N'osant toutefois regarder son père en face pendant qu'il jouait cette partie désespérée, mais fixant sur la pendule à la Justice céleste un œil tout noir de résolution, il fit lentement tourner sa tête de droite à gauche et de gauche à droite.

« Cela signifie? interrogea M. Létoile en blémissant.

— Je ne veux pas retourner à Pharamond.

— Parfaitement! Eh bien, au lieu d'y retourner demain, vous allez y être reconduit tout de suite. »

Pierre n'ajouta plus une parole, alla embrasser Blanche dans son petit berceau, ne reçut de sa mère qu'un regard chargé de reproches douloureux, et déclara qu'il était prêt à partir.

Trois jours plus tard M. Létoile recevait un mot du proviseur du lycée Pharamond, le priant de vouloir bien passer pour affaire urgente.

Ce proviseur était vieux, chevelu ; il avait l'air cordial, fin et ironique. Il accueillit M. Létoile avec bonne grâce et le pria de ne point trop s'alarmer de la communication qu'il allait lui faire, de ne s'en pas courroucer trop non plus.

« Votre fils, dit-il, est malade,... malade et couché. Mais c'est une maladie volontaire, à laquelle nous ne pouvons rien. Voici soixante-douze heures qu'il a refusé de manger. Nous avons employé toutes les menaces, toutes les prières. Nous avons essayé de la gourmandise. Rien n'y a fait. Il n'a qu'une seule réponse à tout ce qu'on lui dit : « Je veux « être demi-pensionnaire, je travaillerai bien. »

— Le petit misérable ! interrompit M. Létoile.

— Vous exagérez un peu, cher Monsieur. Le petit Létoile n'est pas précisément un sujet dont nous sommes fiers. Mais, croyez-moi, il n'est pas non plus parmi nos plus mauvaises natures. J'ai pu l'observer, comme j'observe tous ces jeunes gens : nous avons l'habitude. Eh bien, il est intelligent et délicat. Il y a des ressources en lui. Seulement... il est... doucement indomptable ! Que voulez-vous ! son indiscipline a des formes amusantes qui me désarment moi-même. Je ne devrais pas vous dire tout cela ; mais je suis un vieux pédagogue. J'en ai tant vu, tant vu ! Et puis, je suis sur le point de prendre ma retraite. Eh bien, cher Monsieur, notre cage n'est pas faite, ah ! ah ! ah ! pas faite pour enfermer les Pierrots. »

M. Létoile regardait le vieux philosophe avec un ahurissement non déguisé. Ce langage, dans la bouche d'un fonctionnaire, renversait toutes ses idées, plus encore que l'exaspérante allusion à la nature de son fils ne le froissait. Enfin, le respect de l'Autorité l'emportait, et il écouta docilement le reste.

« Voulez-vous que je vous dise ? Ne le brusquez pas trop. Je ne peux pas le renvoyer d'ici parce qu'il n'aime pas notre cuisine. — Ça n'a rien d'étonnant, ajouta le proviseur chevelu à voix basse. — J'ai comme un vague espoir que si vous essayez d'en faire un demi-pensionnaire, l'expérience lui sera très profitable, à vous aussi, et à nous de même. Dame ! je ne sais pas trop ce que penseraient de ce que je vous dis notre excellent censeur et son ami M. des Cabuches. Ils seraient capables de faire des commérages auprès du ministre. Mais, je vous le répète, je n'ai que le désir de me reposer, et, avant de prendre ma retraite, j'aurai au moins donné un bon conseil à un papa. Et puis, voyez-vous, quand on a eu entre les mains plusieurs générations, on finit par ne plus savoir à quoi s'en tenir. Allons voir l'enfant. »

M. Létoile le suivit sans broncher, ce proviseur inattendu. Pierre reposait dans son petit lit de l'infirmerie, le teint plus blanc que son oreiller. Une sœur, de noir vêtue, lui présentait une tasse de bouillon avec une bienveillante insistance ; mais il répétait avec un entêtement exténué : « Non, ma sœur, je veux être demi-pensionnaire. Je travaillerai bien. »

Il aperçut son père et le fonctionnaire cordial et chevelu. Ce fut celui-ci qui prit la parole.

« Votre père consent, Monsieur Létoile, à tenter encore cette expérience.

— Ah ! merci, Monsieur le proviseur, essaya de s'écrier Pierrot, de qui les yeux brillèrent... Vous verrez,... je... travaillerai... bien. » Et il s'évanouit.

Des soins le ranimèrent. On l'emmena le lendemain avec des précautions.

« Vous ne savez pas, ma sœur? raconta quelques jours après le vieux proviseur à la religieuse de l'infirmerie. Ce gamin-là m'avait raconté son histoire. Vous ne vous doutez pas de la raison qui le faisait se laisser mourir de faim. Il a une petite sœur et il ne voulait pas la quitter. C'est une espèce de petit diable capable de très bien ou de très mal tourner. C'est nerveux et sensible autant que le reste des hommes l'est peu. C'est Pierrot, quoi ! Et pour que cela ne fût pas très malheureux dans le monde, il faudrait que le monde ne fût composé que de vieux philosophes comme moi, de bonnes filles comme vous, de mamans très câlines et de petites sœurs qui seraient le joujou, l'espoir ou le modérateur de ces indisciplinables Pierrots. »

Revenu à la maison par cet héroïque moyen, qui attrista sa mère et remplit son père d'on ne saurait dire quelle sourde colère, momentanément paralysée, Pierrot fut assez longtemps malade, et sa santé chancela sous cet ébranlement trop fort pour ses nerfs délicats. Puis, peu à peu, il se cramponna à la vie par ces deux mots qui traversaient ses fièvres : « Voir Blanche ! » Un mois se passait, et il retournait au lycée désormais seulement pour les heures des classes.

M. Létoile semblait s'être désintéressé de lui, et sa colère avait tourné insensiblement au mépris. Il prolongeait ses heures de séjour au bureau du ministère, apportait même des dossiers à la maison, dans lesquels il se plongeait jusque pendant les heures des repas. C'était à peine s'il s'occupait de la santé de sa fille, ayant remarqué avec dépit que ses traits s'accentuaient dans le sens d'une ressemblance avec Pierre.

Elle était pourtant exquise, cette bébé, avec ses gazouillements naissants. Un peu rose, très peu, elle avait, en effet, de significatifs rappels de la physionomie de Pierrot enfant. Mais ce qui était accusé et énergique chez le grand frère, se dessinait en légèreté chez la petite sœur. Vers quatre ans, ces nuances délicieuses persistaient avec la ressemblance. Les yeux étaient plus doux et plus rieurs, la bouche moins serrée, le nez plus retroussé et interrogateur.

Elle avait quelques crises d'espièglerie, mais rares, et se les faisait aussitôt pardonner par de gracieuses supplications. C'est ainsi que parfois, elle tirait M. Létoile par la manche, lorsqu'il était absorbé dans ses paperasses. N'obtenant point de réponse, elle envoyait promener le dossier d'une main délibérée, puis tout de suite se mettait à genoux pour demander pardon en riant. Et dans ce cas, vous ne le croiriez pas, c'était Pierrot qui la grondait, et M. Létoile qui intervenait en sa faveur auprès du frère sévère et moralisant.

« Cela vous va bien de dresser les autres, » disait-il de sa voix sèche.

Pierrot et Blanche s'entendaient d'ailleurs comme des compères.

Les quinze ans du garçon et les six ans de la fillette allaient à la rencontre les uns des autres, malgré la différence de raison assez marquée, en des enfantillages, en des gaietés confiantes.

De raison? de raison? C'est bien vite dit. Parfois il y avait beaucoup de raison dans la plus petite tête, et la raison semblait parfois assez volontiers déménager de la plus grande.

Il existait une autre complicité, entre la mère et la sœur celle-là, complicité affectueusement dirigée contre Pierre. L'on eût dit par moments que Mme Létoile, un peu languissante depuis deux années, déléguait à la très petite fille un peu de ses pouvoirs maternels. Lorsqu'elle disait : « Pierrot n'a pas été sage aujourd'hui ; tu le gronderas ! » Blanche prenait autant qu'elle pouvait un ton sévère et affectait une moue d'autant plus terrible qu'elle avait au fond un peu envie de rire. Et lorsqu'il promettait de moins rêver à la lune et de mieux mordre aux sciences exactes ; de ne plus entrer en classe en faisant le grand soleil, c'est-à-dire les mains à terre et les pieds en l'air, ou de ne pas orner ses devoirs de la charge cruellement comique d'un professeur, le courroux s'apaisait, et Blanche lui jetait les bras au cou. Nous ne jurerions pas qu'elle ne considérât pas au fond ces frasques avec beaucoup d'indulgence ; seulement tout le monde à la maison les redoutait pour les états de froide et verbeuse colère où elles mettaient le chef de bureau.

Pierre avait poussé comme une asperge. L'uniforme qui l'affublait ridiculement avait été remplacé par une tenue plus simple, qu'il avait combinée un peu à sa guise. Ce n'était plus le Pierrot blanc et bleu de jadis, ni le Pierrot en tunique de collégien, mais c'était toujours Pierrot. Il était serré dans un veston boutonné, au milieu, d'une seule rangée de petits boutons. Sa cravate était toujours blanche ; flottant parfois avec ses longs bouts de batiste, parfois montée et raide comme un hausse-col. Son pantalon était étroit, comme collant, et le faisait paraître plus maigre et effilé. Pour coiffure il portait volontiers un béret noir, très rejeté sur l'oreille ou, dans les moments d'humeur, tragiquement abaissé sur les yeux ; quelquefois aussi il portait un petit polo-cap, non moins noir que le reste de son ajustement, et qu'il plaçait sur le sommet de la tête à la façon des soldats anglais ; les jours de fête, un chapeau pointu, de la manière de ceux que se lancent les clowns, mais noir au lieu d'être blanc.

Il avait fini par comprendre très bien qu'il était un Pierrot pour de bon, selon les pronostics du docteur Desmauves, qui revenait parfois montrer son hochement de tête et son sourire de doux singe. Ce rôle, au fond, le rendait assez fier, et il aimait son personnage. Aucun des faits et gestes de son patron, le vrai Pierrot, ne lui était inconnu ; et il eût volontiers, sans la crainte des moues de Blanchette, entrepris la série de ses moins recommandables aventures. Quand on criait : Pierrot ! Pierrot ! sur son passage, ce grand garçon trop vite poussé ne se fâchait plus ; il ne faisait même plus attention, se contentant, si on l'approchait de trop près et dans une intention peu amicale, de décocher un rapide coup de pied, une électrique ruade, qui déconcertait l'attaque et mettait les rieurs de son côté. Après tout, il ne tirait point vanité de son masque naturel ; il était indifférent, rêveur toujours, paresseux le plus souvent.

Il aimait à mâchonner des vers, qu'il faisait très faux, en l'honneur du clair de la lune ou des papillons blancs qui volent en été et viennent, on ne sait par quel itinéraire, des champs, où ils auraient pu se trouver si bien, jusqu'au beau milieu de Paris, où ils risquent d'être attrapés et martyrisés par les gamins. Ce qui sauvait Pierrot de toutes les obsessions de sa nature zigzaguante, c'est qu'il était bon et de cœur compatissant. Il s'interposait dans les disputes, aidait à relever les chevaux abattus, faisait le coup de poing avec les charretiers brutaux et plus d'une fois les étalait d'un souple croc-en-jambe.

Enfin, des études passablement inégales et incohérentes qu'il faisait à Pharamond, une seule lui valait des succès suivis : celle du dessin. Il aimait à fresquer les murailles de charges hilarantes, qu'on lui pardonnait en faveur du talent indiqué, et qui avaient endiablé et rendu gaies (presque) les murailles de la vieille cour. En chemin, le calepin de notes en main, il croquait les passants, bonshommes ventrus, marchandes avec leurs paniers, chiens à la queue en trompette. On cachait à M. Létoile ces inquiétantes dispositions, et lorsque Pierre remportait un prix de dessin, on avait la précaution de lui dire que c'était pour une bonne copie des bras d'une statue du Louvre, la Vénus de Milo.

Mais, en quelque circonstance que ce fût, une seule passion dominait sa vie : l'amour de cette petite compagne, intelligente et bonne, le comprenant et l'aimant. Rien, ni les vers à la lune, ni le dessin, ni les disputes pour la protection des bêtes maltraitées, ne valait pour lui une promenade au Luxembourg, la main de Blanche dans la sienne, et la maman Létoile les suivant, toujours un peu lasse et traînante, mais reprenant quelque force dans la contemplation de ses enfants grandissants.

Alors c'étaient des histoires à n'en plus finir, des conversations si profondes sur tous les sujets, que souvent, ne sachant plus ce qu'ils voulaient dire, ils se regardaient en éclatant de rire. Le plus fréquemment Pierre écoutait les bavardages menus et plaisants de Blanche, se contentant de longs hochements à se démancher la tête. Mais il lui arrivait aussi de se lancer dans des tirades pour son compte. Il expliquait des projets d'avenir; on voyait s'élever du sol de vastes ateliers où d'immenses toiles étaient déjà ébauchées; une petite maison où ils vivraient tous les trois avec la maman; enfin, une maison à part pour M. Létoile, une maison dessinée par Pierrot avec une façade imitée de celle du ministère, et un grand bureau où des cartons verts bâillaient, tant ils étaient pleins de dossiers.

Et sur le passage de ces deux enfants on se retournait bien un peu; mais on ne riait plus méchamment en voyant cette toute petite fille de huit ans, haute comme une poupée et sérieuse comme une femme, écoutant avec une attention admirative ce grand garçon de dix-sept, à face de Pierrot et pérorant avec des gestes fous.

Cette année-là, Pierre Létoile fut refusé au baccalauréat avec un succès sans précédent à la Sorbonne.

IL Y EN AVAIT UN PELÉ, UN GALEUX ET UN TONDU

CHAPITRE IV

Il était sept heures et demie du matin.

Les trois clercs qui composaient l'Étude de Me Lépineux, huissier de première instance, se trouvaient déjà au travail. Il y en avait un pelé, un galeux et un tondu.

La longue et étroite pièce était tout encombrée de paperasses empilées jusqu'au plafond ; une seule fenêtre l'éclairait, autant que peut éclairer une fenêtre aux vitres sales donnant sur une cour obscure. Deux portes, l'une vitrée sur laquelle on lisait à l'envers le mot *Étude,* peint en lettres noires ; l'autre badigeonnée en imitation de chêne et toute graisseuse autour du bouton, portant le mot *Cabinet.*

Elle n'était pas absolument somptueuse, l'Étude de Me Lépineux, et les visiteurs qu'une attente dans l'antichambre noire, dont un quinquet fumeux perçait mal les ténèbres, avait déjà glacés jusqu'aux moelles, faisaient tous, lorsqu'ils entraient dans ce compartiment de l'antre, le même geste instinctif qui réjouissait les clercs : un brusque quart de tour pour s'enfuir.

Mais lorsqu'ils sortaient du compartiment suivant (*Cabinet*), ils avaient des attitudes différentes. Les uns étaient blêmes de fureur et faisaient violemment claquer les portes, tandis qu'on entendait résonner dans le *Cabinet* un petit rire qui sonnait comme un cri de chouette. Les autres, plus nombreux, avaient l'air égaré, les mains tremblantes, se dirigeant devant eux sans voir, se cognant successivement aux trois pupitres de sapin mouchetés d'encre des trois clercs, laissant tomber leur chapeau ou leur parapluie, ne trouvant pas la porte et voulant sortir par la fenêtre. Ils déterminaient, par ces fausses manœuvres, des écroulements de registres, des éparpillements de grimoires. Alors le pelé les regardait d'un air furieux et se précipitait à quatre pattes pour ramasser les papiers dispersés ; le galeux leur grognait un hargneux : « Faites donc attention ! » le tondu enfin les considérait en dessous avec un œil sournois et se frottait doucement les mains.

Parfois aussi venaient des femmes, qui entraient dans le mystérieux compartiment avec une allure timide, et qui en sortaient avec les yeux très rouges. Mais il y avait aussi une autre catégorie de visiteurs. Ceux-là étaient moins nombreux. C'étaient de gros hommes à la figure rubiconde, aux épaisses mains velues, aux chaînes d'or battant sur le ventre. Lorsqu'ils entraient, les clercs se levaient avec empressement ; lorsqu'ils sortaient, Mᵉ Lépineux en personne les reconduisait jusque sur le palier. Ils parlaient haut, riaient bruyamment, et l'on semblait ravi de leurs calembours. Enfin, il venait souvent de petits vieux, avec des nez crochus, des mains crochues, des regards défiants, et qui avaient dans le *Cabinet* de longues et mystérieuses conférences. Nous sommes obligé d'omettre, dans notre énumération, des gens sans importance, généralement très crottés, qui apportaient ou remportaient des paperasses, et s'entretenaient familièrement avec le personnel de l'Étude. Tout ce monde allait, venait, à journée entière, se croisait dans l'escalier à vis, aux marches raboteuses, et dans lequel une persistante odeur d'eaux sales prenait à la gorge le moins délicat de ceux qu'une infortune ou une cupidité amenait chez Mᵉ Lépineux.

Pour le moment l'Étude était silencieuse ; il était encore trop tôt. Parcimonieusement éclairés de bouts de chandelle, — le soleil ne pénétrant dans la pièce que lorsqu'il ne pouvait plus faire autrement, — les trois clercs étaient penchés sur les rôles qu'ils griffonnaient. On n'entendait pas d'autre bruit que le grincement de ces griffonnages. Au bout d'une heure, celui du milieu, le galeux, jeta nonchalamment sa plume, s'étira longuement, puis bâilla de façon si formidable et si brusque, que les deux autres tressautèrent sur leurs tabourets.

Ce fut le signal d'une petite récréation pendant laquelle nous pouvons les voir de face. Le pelé, Boulingre, est un homme chétif, à la physionomie rechignée et envieuse ; sa peau pelucheuse, rouge par places, blanche par d'autres, paraît avoir été frottée trop vigoureusement avec une brosse de chiendent.

Le second clerc, M. Rouffignac, est gratifié d'une barbe clairsemée et d'une chevelure rare, qu'il gratte avec acharnement ; il se gratte les mains, il se gratte les jambes, et, quand il a fini, il gratte son papier ; puis il recommence ; ce qui fait qu'il est condamné à gratter à journée entière. A part cela, il a un accent méridional très prononcé, et répand une odeur d'ail non moins prononcée et non moins méridionale.

Si le deuxième et le troisième clerc sont peu avantagés de la nature, du moins le premier est-il beaucoup plus favorisé. Il est gros et gras ; il a des façons insinuantes et papelardes, et se pique de beau langage. Ce serait l'homme le plus engageant du monde, s'il n'était absolument dépourvu de barbe, de chevelure et de sourcils ; car on ne peut appeler barbe le grain de beauté qu'il a sur la joue droite, sourcils les petits sillons rougeâtres qui surmontent ses paupières, ni chevelure, enfin, les trois mèches plantées sur le bas de la nuque, et qu'il ramène, à force de persuasion et de pommade à la moelle de bœuf, jusqu'à moitié chemin de son crâne. M. Bouracan est du Nord. Il ne s'emballe jamais, contrairement à M. Rouffignac, qui, pour un rien, se met dans des colères folles. Il est depuis la fondation dans l'Étude de Mᵉ Lépineux et en connaît les plus insondables secrets. M. Rouffignac et lui se détestent cordialement tout en se faisant bonne mine, et Boulingre passe son temps à envenimer les querelles et à attiser les haines.

« Il me semble que le patron est en retard aujourd'hui, fit remarquer Rouffignac en réitérant son bâillement.

— Parbleu ! il a les moyens, dit Boulingre avec fiel. Est-ce que nous ne sommes pas là pour trimer ?

— Voyons, ne faites pas la mauvaise langue, insinue doucement M. Bouracan. Vous savez bien que c'est aujourd'hui qu'il nous présente ce nouveau petit clerc. Il est allé sans doute le chercher chez son père, qui est de ses amis.

— Il n'est que temps d'avoir un saute-ruisseau, dit Boulingre, qui remplissait par intérim ces fonctions de souffre-douleur. Ce que je vais le faire trotter à son tour !

— Les voyages forment la jeunesse, remarqua M. Bouracan.

— Et au besoin la déforment, ajouta M. Rouffignac d'un air mauvais.

— Il paraît, expliqua M. Bouracan, que c'est une assez mauvaise tête, un jeune homme de famille qui n'a pas voulu mordre aux humanités.

— Si son père croit qu'il trouvera de l'humanité ici...! dit M. Rouffignac, qui était décidément un homme d'esprit.

— Le mot est mauvais, dit Boulingre, qui était jaloux de tout.

— Ah ! il est mauvais ? cria Rouffignac en se montant. Eh bien, pour passer le temps plus agréablement, tu vas danser la danse du Grand-Serpent-Vert.

Boulingre fit une grimace et refusa net. Sur quoi Rouffignac le menaça d'un nombre de coups de règle sur les doigts, savamment gradué jusqu'à ce qu'il s'exécutât. Le hideux petit homme en avait les larmes aux yeux, sachant que l'acte n'était pas loin des paroles. Déjà Rouffignac faisait le geste d'aiguiser sa règle d'ébène sur la paume de sa main.

— Voyons, mon cher Boulingre, faites-nous ce plaisir, supplia mielleusement M. Bouracan. Demain ce sera le tour du jeune homme. »

Cette raison détermina Boulingre. Il retourna son paletot et le repassa, la doublure en dehors. Puis, se mettant à loucher horriblement et à tirer la langue, il esquissa les premiers pas d'une danse plus ou moins sauvage. Ses deux compagnons, accroupis sur leurs talons, tapaient en cadence avec leurs règles sur des cartons vides, en chantant une chanson nègre, à moins qu'elle ne fût indienne ou chinoise. Boulingre haletait, était couvert de sueur. « Plus fort ! » criaient ses compagnons en le menaçant de leur règle. Soudain la porte d'entrée sonna. Rouffignac et Bouracan se relevèrent comme mus par un ressort, et se remirent au travail avec une ardeur exagérée. Me Lépineux entra d'un air défiant et courroucé.

« Qu'est-ce que cette tenue, Monsieur Boulingre?

— C'était pour épousseter des dossiers, balbutia le Grand-Serpent-Vert.

— Cela me paraît bien drôle. Vous savez que je n'aime pas les fantaisistes. Il ne faut pas de fantaisistes ici, appuya l'huissier en se retournant vers un grand garçon pâle et un peu décontenancé qui le suivait le chapeau à la main. Vous entendez, n'est-ce pas, Monsieur Létoile? Vous êtes ici, jeune homme, dans le temple de la Loi. »

Pierre regarda tout autour de lui d'un œil effaré. L'endroit ne correspondait que très vaguement à l'idée qu'il avait d'un temple, et si c'en était un en effet, il ne pouvait s'empêcher de penser que la divinité n'était pas très exigeante. Jusqu'ici, la Loi, dont son père parlait en lettres d'un pied de haut, lui apparaissait comme une grande femme jaune, sèche et froide. Chez Me Lépineux il se la représenta comme une vieille très sale, avec des cheveux gris tombant sur les yeux, le nez tout barbouillé de tabac, et des doigts crochus, aux ongles cerclés de noir.

Me Lépineux s'était retiré dans son cabinet, après avoir brièvement recommandé à Boulingre de mettre le nouveau clerc au courant, ce qui fait que Boulingre, aussitôt la porte fermée, ne s'occupa pas plus de Pierre que s'il eût été changé en paquet de paperasses.

M. Bouracan entrait dans le *Cabinet,* et en sortait des papiers en main, fermant tout doucement la porte, et ne faisant aucun bruit, lorsqu'il marchait avec ses chaussures de feutre. M. Rouffignac se grattait la tête et les jambes; Boulingre était courbé sur son pupitre. Et pendant ce temps-là Pierrot demeurait dans son coin, ne sachant que faire, n'osant ni s'asseoir ni poser son chapeau, ni demander quelles étaient ses attributions. A la fin, il s'enhardit et, profitant d'un moment où Boulingre avait la tête levée et bâillait, il s'adressa à lui d'une voix qui s'étranglait dans son gosier :

« Monsieur ! »

Boulingre ne parut pas avoir entendu.

« Monsieur ! demanda plus fort Pierrot.

— Qu'est-ce qu'il y a? demanda le clerc d'un ton de mauvaise humeur.

— Que faut-il que je fasse?

— Est-ce que je sais, moi? répondit le clerc avec brusquerie. Demandez à M. Rouffignac. » Et il se leva et sortit dans l'antichambre, où on l'entendit fourrager des papiers en grommelant des jurons.

Pierrot retomba dans sa perplexité et dans son embarras. Enfin, au bout d'une demi-heure, il prit de nouveau son courage à deux mains. Tandis que Boulingre ramageait toujours dans l'antichambre, et que le gros monsieur chauve était dans le *Cabinet,* il s'aperçut que le clerc du milieu ne se grattait plus; c'était le bon moment. Il l'appela d'abord, puis, ne recevant pas de réponse, le tira par la manche. Rouffignac fit un bond: « Hein! quoi? Qu'est-ce que c'est?

— Monsieur, l'autre monsieur m'a dit de vous demander ce que j'avais à faire.

— Ah! par exemple, vous n'êtes pas gêné, vous. Est-ce qu'on réveille les gens pour ça? Vous savez, il ne faudrait pas recommencer, mon petit. Est-ce que cela me regarde, ce que vous avez à faire? Demandez à M. Bouracan. » Et il jeta à Pierrot un coup d'œil encore ensommeillé, mais exempt de bienveillance.

Pierre Létoile résolut de se tenir coi. Pendant deux heures alors, il assista au défilé des gros hommes à chaînes d'or, des petits hommes au nez crochu, des femmes aux yeux rougis de larmes, des gens effrayés ou furieux. Tout ce monde passait dans le « temple de la Loi » sans faire la moindre attention à lui. A la fin, il s'était juché sur un haut tabouret, dans un coin de la pièce. Les pieds sur le troisième barreau, les genoux remontés et les mains sur les genoux, il regardait, ahuri et serré au cœur, ces allées et venues. Il avait une vague impression que Me Lépineux était une sorte d'araignée tapie dans son creux de muraille, et que si les visiteurs sortaient si pâles ou avec des yeux si rouges, c'est parce qu'il avait bu de leur sang ou de leurs larmes. Quant aux autres, qui paraissaient à leur aise et exempts de soucis, il les supposait nourris au même régime ou apportant à l'araignée une pâture nouvelle dont ils prenaient leur part. Dans son angoisse et dans sa lassitude, les objets et les gens prenaient des formes fantastiques. Les papiers griffonnés qu'il apercevait, les étiquettes des cartons, lui paraissaient écrits en caractères de feu qui dansaient; les gros hommes avaient des muffles de taureaux ou des museaux de bouledogues; les petits vieux, des becs de chouettes ou de vautours. Les soupirs des femmes en noir le terrifiaient comme de lointains gémissements du vent. Il s'enfonçait dans une douloureuse torpeur, se demandant pourquoi il était là, lui le bon Pierrot, si confiant, si gai, si épris des joyeuses flâneries et de la vie sans tourments, et il souhaitait, tant il était triste, de mourir là sur ce tabouret, dans le « temple de la Loi ». Il avait la tête penchée sur la poitrine et ne voulait plus rien voir. Soudain il tressaillit : on venait de lui toucher l'épaule d'un coup sec. Me Lépineux était devant lui et le considérait de son petit œil sévère et bilieux.

— C'est tout ce que vous faites, jeune homme? Il est midi. Montrez-moi ce que vous avez fait.

— Mais... Monsieur... bulbutiait Pierre, une sueur froide au front, je n'ai... rien fait... j'ai demandé...

— Tc, tc, tc, fit Me Lépineux sur un ton d'impatience, il faudra que cela change; cela ne peut pas durer. Il faut vous rendre utile, jeune homme. Nous ne pouvons accepter ici de non-valeurs. Vous avez usé un tabouret pendant cette matinée; quel service avez-vous rendu en échange? Voyons, Monsieur Boulingre, vous ne l'avez pas fait travailler, ce jeune homme; vous avez eu peur de le fatiguer. Je vous l'ai déjà dit, vous êtes trop sentimental. Cela ne peut pas durer. »

Me Lépineux s'en alla en enfonçant son chapeau et laissant Pierrot au comble de la stupéfaction, tandis que MM. Boulingre, Rouffignac et Bouracan se mettaient à danser, en agitant les bras, et en adressant des saluts peu respectueux à la porte par laquelle venait de sortir leur patron. Cela n'était pas fait pour diminuer l'étonnement de Pierre Létoile.

« Ah çà! voyons, dit M. Boulingre, le patron a recommandé de le faire travailler. Je crois que c'est le moment, jeune homme; vous êtes ici dans le temple de la Loi, dont nous sommes les lévites. Vous êtes comme qui dirait un aspirant lévite, un homme de loi en herbe, un attrape-science. Par conséquent, votre devoir est tout tracé pour le moment. Il consiste à prendre ces dix sols, à descendre les trois étages, et à me rapporter pour quatre sols de galantine, deux de pain, un de moutarde, et trois de tabac. J'ai dit.

— Té, petit, s'empressa d'ajouter M. Rouffignac, apporte-moi par la même occasion un cervelas à l'ail, avec beaucoup d'ail, deux sous de pommes de terre frites et deux sous de pain. Voilà dix sous ; fais-toi rendre la monnaie, et prends garde qu'on ne te donne des pièces fausses. »

Pierrot, ahuri et docile, avait pris machinalement les deux pièces, et se dirigeait vers la porte, lorsque M. Bouracan l'appela doucement.

« Mon cher enfant (cette douceur ne fit pas à Pierre le moindre plaisir), voudriez-vous me faire également l'amitié de me monter un pied de cochon... bien chaud, avec un petit cornichon ; puis un sou de pain, et une demi-bouteille de vin. Mille remerciements... Et bien chaud, le petit pied de cochon, » répéta-t-il avec attendrissement.

Pierre, tout navré qu'il fût, avait à cœur de se bien faire venir de ses nouveaux compagnons. Aussi ne tarda-t-il pas à s'acquitter de ses commissions ; et lorsqu'il rentra, les bras chargés, les clercs ne manquèrent-ils pas, en guise de remerciements, de déclarer que la galantine était trop mince, le pied de cochon pas assez chaud, le pain pas assez abondant, et le saucisson pas assez parfumé d'ail. Cela ne les empêcha pas de dévorer gloutonnement ces provisions, pendant que Pierrot, se souvenant qu'il n'avait pas mangé le matin, tirait de sa poche une tablette de chocolat et un petit pain, et, juché de nouveau sur son grand tabouret, mangeait par petites bouchées et à contre-cœur.

Le repas fini, les trois clercs s'étirèrent bruyamment, la mine allumée, et cherchant comment passer le temps, pour remplacer le dessert.

« Il me semble tout indiqué, suggéra Boulingre, que Monsieur nous exécute la danse du Grand-Serpent-Vert.

— Bravo ! s'écrièrent Rouffignac et Bouracan.

— Merci, Messieurs, dit doucement Pierrot, je ne suis pas en humeur de jouer.

— Mais il ne s'agit pas d'être en humeur, dit Boulingre avec aigreur.

— Il faut danser, sous peine de vingt coups de règle, ajouta brutalement Rouffignac.

— C'est l'usage, mon jeune ami, termina le mielleux M. Bouracan. D'ailleurs Boulingre va vous donner l'exemple. »

Boulingre, pris au piège et ne voulant pas être menacé de coups de règle devant le nouveau venu, « donna l'exemple » en rechignant.

Pierrot, devant ces hideux drôles, se sentait reprendre du courage, et un éclair de ses gamineries d'autrefois lui traversa la cervelle.

« Faites l'orchestre tous les trois, dit-il, et je commence. »

Il commença en effet : une jolie danse agile et capricieuse, comme le temple de la Loi n'en avait jamais vu. Il papillonnait, jonglait avec les dossiers, tournoyait, tandis que les trois clercs, assis sur leurs talons, hurlaient avec délices la plus infernale des rondes. Pierrot multipliait les entrechats ; puis tout d'un coup, pour donner à ce ballet improvisé une conclusion inédite, tout en dansant, il allongea une gifle formidable à Boulingre, passa à saute-mouton sur la tête de Rouffignac, envoya dans le ventre de M. Bouracan un coup de tête qui le suffoqua, et finalement s'élança sur le tabouret, où il demeura, la bouche en cœur, les bras arrondis, et se dressant élégamment sur la pointe du pied.

L'orchestre fut trop surpris par ce soudain changement de manière, et d'ailleurs pas assez brave pour songer à riposter. Boulingre se contenta de rire jaune ; Bouracan se frotta l'estomac, en adressant à Pierrot le plus aimable et le plus faux des sourires ; seul Rouffignac, qui avait d'ailleurs été le moins maltraité, se tordait les côtes sans arrière-pensée et chantait à tue-tête :

Il a fort bien dansé,
Buvons, buvons, buvons à sa santé.

Et joignant l'action à la chanson, il tira une bouteille de rhum et trois verres, qu'il remplit à demi, les offrant avec mille cérémonies à ses compagnons. Quant à lui, il se contenta de boire à même de la bouteille.

Or Pierrot, malgré ses régalades d'enfance, n'avait jamais bu d'alcool à la maison paternelle ; il fit une grimace et se força pour avaler toute la dose. Le reste de la journée se passa pour lui dans une espèce d'hébétude. Me Lépineux, retenu au palais dans l'après-midi, ne vint pas le morigéner, et les clercs, le voyant retombé dans sa muette tristesse, se gardaient de le déranger, sachant ce qu'il pourrait leur en coûter.

Lorsqu'il rentra, le soir, à la maison, après cette première journée, il était rompu et la tête lui tournait. Les caresses de sa mère et de Blanche ne purent le tirer de ses sombres réflexions, et il demanda de se coucher aussitôt au sortir de table.

Le lendemain matin, il se rendit seul à l'Étude, après avoir pris son courage à deux mains. Me Lépineux était déjà dans son cabinet et le fit appeler. Il commença par lui faire remarquer qu'il était en retard et que dorénavant il faudrait arriver à sept heures précises, pour balayer l'étude. Puis il lui dit : « Puisque vous n'avez pas su vous rendre utile hier, en faisant des écritures, — ne protestez pas, je vous prie ! — nous allons voir si vous serez plus capable de faire des courses. Voici un papier que vous porterez à l'adresse que M. Bouracan vous indiquera. C'est à Grenelle. Vous aurez le temps d'être revenu avant le déjeuner, si vous marchez vite. »

Pierrot prit le papier, et en chemin chercha en vain à le comprendre ; les mots griffonnés s'embrouillaient, des mots mystérieux et qui sonnaient lugubre. Il se hâtait, le temps était froid, le ciel gris. Au bout d'une heure de marche il arriva à la maison indiquée. C'était une baraque de jardinier ouverte à tous les vents et donnant sur un terrain où s'espaçaient de maigres salades. Çà et là des châssis dont les vitres étaient cassées, des arrosoirs bossués, et une bêche plantée en terre dans une plate-bande. Sur le mur de la maison qui donnait du côté de la rue on lisait cette enseigne, qui semblait d'une cruelle ironie : *Guignard, horticulteur*. Quels jardins pouvait cultiver ce Guignard? Pas le sien assurément. — Pierre Létoile tira un fil de fer qui pendait à la porte : la sonnette était cassée et ne rendait aucun son. Il frappa, personne ne répondit. Il poussa la porte : elle s'ouvrit toute seule. Alors, dans la pièce du rez-de-chaussée, il aperçut trois personnages : un homme pâle et maigre, en pantalon de toile bleue rapiéciée et en gilet de drap brun; une femme qui n'était pas moins pâle ni moins maigre; un enfant assis sur les genoux de cette femme et pleurant. L'homme avait une jambe bandée et étendue sur deux chaises dont la paille s'en allait.

« Voici ce qu'on m'a dit de vous remettre, » dit Pierrot. Et sa voix les fit tressaillir, car ils ne l'avaient ni entendu ni vu entrer.

La femme prit le papier, l'enfant alla se cacher dans un coin, l'homme eut un tremblement de mains.

« Il ne nous manquait plus que cela, dit la femme d'une voix sourde. Voilà Lépineux qui va vendre notre maison et notre terrain. Demain nous coucherons dans la rue.

— Ah ! le gueux ! s'écria l'homme en faisant un effort pour se lever ; mais la douleur le cloua sur sa chaise. Ah ! gredin ! ajouta-t-il en s'adressant à Pierre ; il ne faut pas avoir beaucoup de cœur pour faire des commissions pareilles !

— Donnez-moi le papier, dit Pierrot à voix très basse ; vous direz que vous ne m'avez pas vu. » Il arracha le grimoire des mains de la femme et disparut si prestement que la famille Guignard, stupéfaite, ne sut jamais s'il était sorti par la porte, par la fenêtre ou par la cheminée.

Il rentra à l'étude à la fin de la journée, après avoir longtemps erré à l'aventure. Me Lépineux était blême de fureur.

« Je n'ai pas trouvé la rue, » dit simplement Pierre Létoile en tirant le papier de sa poche.

Me Lépineux ne dit pas un mot, mais griffonna quelques lignes.

« Vous donnerez cela à monsieur votre père. »

Cette fois Pierre s'acquitta fort bien de la commission. Il donna la lettre à M. Létoile au commencement du repas. Son père décacheta la lettre et lut :

« Décidément, cher Monsieur, votre fils n'a rien de ce qu'il faut pour devenir un bon huissier. »

« Très bien, j'aviserai, » dit M. Létoile d'un ton glacial.

En allant se coucher, Pierrot embrassa sa mère et Blanche dix fois plus tendrement que de coutume.

« PEUT-ÊTRE DEVIENDRA-T-IL UN BON LABOUREUR. »

CHAPITRE V

Plusieurs mois se passèrent, et M. Létoile, malgré sa parole menaçante, n'avait pas encore « avisé ». Avec cela que c'est commode d'aviser avec un fils pareil, qui n'est pas un assez bon sujet pour devenir un bachelier, ou un fonctionnaire, ou un clerc d'huissier, mais qui n'est pas non plus assez mauvais pour qu'on puisse se décider envers lui aux extrêmes rigueurs ! Un grand garçon de dix-huit ans dont la volonté est nulle, le corps peu robuste, et dont l'intelligence ne semble s'ouvrir et s'animer que pour des niaiseries : un nuage qui passe, des gens qui chantent dans la rue, les images d'un livre, une conversation à n'en plus finir avec Blanche, cette gamine de sept ans, ce qui faisait dire à M. Létoile : « Hélas ! mon pauvre Pierrre, tu es et tu seras toujours plus enfant qu'elle. » Ce en quoi, peut-être, n'avait-il pas tort.

Il avait fini, momentanément du moins, par n'avoir plus de colère envers ce grand inutile ; il ne ressentait plus qu'une sorte de mépris triste, et toujours un peu de l'étonnement qu'il avait éprouvé, dès les premières années, d'avoir pour fils un garçon si frivole, si peu apte aux grandes missions de la vie, lui, O.-I. Létoile, si précis et si pratique, à l'intelligence si haute, et à qui il n'avait manqué peut-être qu'un peu de chance et de fortune pour devenir, comme M. des Cabuches, chef de division, ou même plus encore, conseiller d'État, ministre !

Tout d'abord son courroux avait été grand, et tout son entourage avait tremblé pendant plusieurs jours en le voyant hérissé comme un porc-épic, le teint jaune de bile et les sourcils ne défronçant pas. Le petit M. Létoile, terrible dans ces moments-là, s'exaspérait encore de la soumission et de la peur de son entourage. Abandonné dans son coin, mangeant dans sa chambre, servi par Blanchette, qui se cachait un peu pour lui apporter du dessert, et le consolait avec de bons yeux doux et des caresses mignonnes, Pierrot prenait son chapeau pointu après le repas et s'en allait sans que personne prît garde à lui.

Il rôdait, à travers les rues, à travers les squares où plus jamais il n'espérait rencontrer Guiguiche, désœuvré, les bras ballants, la tête vide, poursuivi tout le temps par l'image de l'étude Lépineux et le lamentable souvenir de Guignard, horticulteur. Cela le préoccupait encore plus que ne l'inquiétait l'exaspération paternelle. Le monde lui apparaissait comme divisé entre les Guignard et les Lépineux, ceux-ci mangeant ceux-là à belles, ou plutôt à vilaines dents ; et deçà et delà, bien rarement, des êtres inoffensifs, doux, gracieux et souriants comme sa sœur, sa mère, ou Guiguiche tant regrettée.

Peut-être y avait-il dans le monde aussi — du moins il aimait à l'imaginer — quelques Pierrots comme lui, rêveurs, ne demandant qu'à trouver la vie bonne, et la découvrant, au contraire, toute hostile et pleine de pièges. Sans doute ces Pierrots étaient trop clairsemés sur la terre pour se retrouver et pour frayer ensemble. Sans cela, il y aurait eu pour eux quelque consolation. Mais quoi, il n'en avait jamais rencontré, ni chez son père, quand il était enfant et qu'il ne voyait autour de la table que des figures graves, aux lèvres minces et aux yeux froids ; ni dans la rue, où on lui jetait des moqueries et des cailloux; ni au collège, où, à part le vieux proviseur philosophe et la sœur de l'infirmerie (qui n'étaient pourtant pas, à sa grande préoccupation, des Pierrots), tout le monde lui avait fait ironique ou mauvais visage ; ni enfin chez Me Lépineux, de qui les collaborateurs, pour le peu qu'il les avait fréquentés, lui semblaient avoir l'âme aussi noire qu'il sentait la sienne blanche.

Et en proie à ces réflexions, marchant pendant des heures droit devant lui sans voir, Pierre Létoile se demandait ce qu'il pourrait bien faire dans la vie.

Pendant ce temps sa mère et la pauvre Blanche demeuraient seules, ne se parlant guère, mais se comprenant malgré l'âge tendre de la fillette. Elles se posaient la même question : que ferait-il dans la vie, ou plutôt qu'allait-on faire de lui, de leur bon, de leur joyeux et doux Pierrot qu'elles aimaient tant? Elles attendaient avec anxiété, n'ayant pas voix au chapitre.

De son côté, le père Létoile, lui aussi, s'interrogeait rageusement : « Qu'allait-il faire de son vaurien? » De façon que tout le monde, dans l'appartement triste et vert foncé, était préoccupé, avec des sentiments différents, de la destinée de Pierre Létoile.

Le chef de bureau eut avec son supérieur hiérarchique de longues conférences, et avec sa femme des discussions animées qui souvent, pour elle, se terminèrent par des larmes.

« Vous aviez pourtant promis que nous le materions, disait-il à M. Protocol des Cabuches, avec une expression d'humble et respectueux reproche.

— Eh! eh! certainement, répondait M. des Cabuches un peu embarrassé et caressant lentement son menton rasé. Mais que voulez-vous, mon cher Monsieur Létoile, mes graves occupations..., et puis, entre nous, il me semble indomptable.

— Ah! j'ai bien envie de tenter de la maison de correction, interrogeait M. Létoile d'un air désespéré.

— Heu! heu! c'est bien dur, répondait M. des Cabuches, ne voulant pas prendre la responsabilité d'un tel conseil (et peut-être, à la longue, ennuyé des jérémiades de son chef de bureau); la maison de correction! Raisonnons un peu, Monsieur Létoile; on ne peut mettre un garçon dans une maison de correction parce qu'il a échoué au baccalauréat et qu'il a flané toute une journée au lieu de faire les commissions de notre ami Lépineux... A votre place, Monsieur Létoile...

— A ma place?... demandait le petit chef suspendu aux lèvres de M. Protocol.

— Eh bien... j'attendrais.

— Oh! merci! merci! » s'écriait M. Létoile avec une profonde gratitude. Puis, rentré chez lui, et voyant son fils inoccupé, affalé sur une chaise ou dans un fauteuil, les jambes allongées, les bras pendants, la tête penchée sur la poitrine ou levée vers le plafond, semblant ne penser à rien; ou bien encore, lorsqu'il le surprenait, chose encore pire, griffonnant des bonshommes sur un chiffon de papier, sur les marges d'un livre, ou même sur des dossiers inconsciemment dérobés dans le bureau paternel, M. Létoile se disait que décidément il était impossible d'attendre.

Alors avaient lieu les longues discussions avec la pauvre Mme Létoile, qui ne cessait d'opposer à l'entêtement rageur de son mari une patience d'ange.

« Que veux-tu, disait-elle, mon ami! tu me reproches de l'avoir gâté par ma douceur; moi je crois bien, au contraire, que c'est toi qui l'as rebuté par ta sévérité. C'est avec des larmes que j'ai consenti à le voir partir de la maison, si sensible et si frêle. Tu as vu le résultat. Il faut absolument, maintenant, que je le garde au moins un an ou deux près de moi, pour qu'il se refasse une santé, cet enfant.

« Tu me dis qu'il a dix-huit ans et qu'à cet âge on doit déjà se rendre utile et gagner sa vie. Mais tu veux le forcer à faire des choses pour lesquelles il n'a point de goût. Moi-même, je te l'avoue (elle disait cela sans sourire, la chère maman de Pierrot), si j'avais été homme, je n'aurais pas aimé à aller torturer des gens pauvres pour le compte d'un huissier, Lépineux ou tout autre. Que veux-tu y faire? Il est né avec un trop bon cœur, notre pauvre Pierre; et il a tant d'esprit et de goût, si tu savais, si tu voulais savoir! Je suis sûre qu'il réussirait très bien, si, au lieu de vouloir le mater, comme vous dites, toi et ton ami Protocol qui nous a fait bien du mal, tu lui laissais faire ce qu'il veut.

« Moi, d'abord, je suis sûre qu'il deviendrait un très bon peintre, s'il avait des maîtres. Il fait parfois des choses à mourir de rire; oui, j'en ris, bien que je n'en aie guère envie, depuis que tu es si dur pour nous; ou bien il invente et dessine des histoires très attendrissantes. Et pourquoi ne serait-il pas peintre? C'est un très bon métier, et on m'a dit qu'il y en avait qui gagnaient beaucoup d'argent, rien qu'à faire leurs bonshommes... »

Ah ! qu'elle avait du courage, la bonne Mme Létoile, à parler ainsi. Elle ne faisait pas attention à la colère qui montait en bouillonnant jusqu'à la cervelle de son seccot de mari. Avant qu'elle ait pu achever sa tirade, il se levait, et vociférait :

« Puisque vous n'êtes pas une mère plus sérieuse que votre saltimbanque de fils, puisque vous voulez à toute force qu'il devienne un barbouilleur, un de ces meurt-de-faim qui ont des paletots troués au coude, des cheveux et des barbes de sauvages, qui déjeunent et qui dînent avec des pipes et de l'absinthe, gagnés en vendant des images contre le gouvernement, eh bien, soit ! Je vous abandonnerai, vous ne serez plus rien pour moi, et vous vous en irez vivre comme vous pourrez ; vous habiterez dans une maison roulante, une voiture de bohémiens ouverte à tous les vents, et vous serez pendus un jour pour quelque mauvais coup. »

Mme Létoile, devant cette fureur qui faisait dire à son mari des bêtises dont elle aurait eu envie de rire s'il ne s'était agi de son cher Pierrot, et si elle n'eût su que M. Létoile était capable non seulement de dire des bêtises, mais d'en faire, courbait la tête et laissait passer l'orage.

« Ah ! vous souriez ! s'écriait le chef de bureau. Vous souriez ! Il y a de quoi, en effet ! Mais vous ne sourirez pas tout le temps. Je vous jure bien que si d'ici quelque temps tout ceci n'a pas changé ; si Pierre n'a pas renoncé à former ses stupides projets, et vous à les encourager ; si je ne vois pas la possibilité de lui donner une place digne du fils d'un fonctionnaire, vous pourrez tous les deux aller où bon vous semble, faire de la peinture. Pour moi, je resterai ici, avec mes importants travaux : les matériaux du grand ouvrage que je compte écrire pour utiliser les loisirs de ma retraite prochaine. Et je n'entendrai plus parler de vous ; et je resterai tout seul ici, avec Blanche, et je... »

La petite sœur de Pierrot était entrée depuis quelques minutes, sur la pointe du pied, pour qu'on ne la renvoyât pas pendant qu'on parlait de choses graves que les enfants n'ont pas besoin d'entendre. Elle s'était assise près de la fenêtre, sur son petit tabouret, et paraissait mettre beaucoup d'attention à faire des plis à son tablier sur ses genoux. Elle avait eu d'abord beaucoup de chagrin en entendant sa mère défendre leur Pierrot d'une voix si douce, et son père le menacer d'une voix si dure. Son cœur était bien gros, et elle avait envie de pleurer ; mais elle se retenait et peu à peu reprenait courage, se disant qu'à eux trois, Pierre, sa maman et elle, ils auraient raison de leur méchant papa. Mais lorsque M. Létoile eut prononcé les dernières paroles, elle se leva et vint se camper toute droite devant lui, en disant d'un petit ton décidé, moitié bouderie, moitié révolte :

« Moi, d'abord, je ne quitterai pas mon frère. Et puis je m'en irai avec lui et maman dans la voiture, et puis Pierrot nous fera des tableaux que nous vendrons très cher, et puis tu resteras tout seul avec les vilains cartons verts, et puis...

— Oh ! Blanchette, interrompit vivement Mme Létoile aussitôt qu'elle fut revenue de sa surprise devant ce flot de paroles, veux-tu bien finir ! C'est très vilain, une petite fille qui parle ainsi à son père.

— Mais non, mais non, laissez-la, dit avec une majestueuse ironie M. Létoile. Vous vous entendez très bien, et voilà l'effet de vos leçons. C'est maintenant une gamine de neuf ans qui m'apprendra mon devoir. Eh bien, puisque c'est comme cela, je le ferai jusqu'au bout, mon devoir de père, et bientôt vous aurez tous les trois de mes nouvelles. »

Et il sortit sans se retourner, fermant la porte d'un coup sec, pendant que, cette fois, la maman Létoile et Blanchette dans ses bras pleuraient pour tout de bon.

Le lendemain matin, M. Létoile eut encore une longue entrevue avec M. Protocol des Cabuches, et sortit de son cabinet en faisant de grandes protestations de reconnaissance et de respect. Il tenait en main une lettre non cachetée, dont il regarda au moins vingt fois, en chemin, la suscription, tout en hochant le menton d'un air de menace et de défi. Après le déjeuner il dit, d'un ton qui n'admettait point de réplique :

« Pierre, mettez votre paletot et votre chapeau. Vous allez sortir avec moi. »

Mme Létoile n'osa point demander le but de la course, se proposant seulement, une fois qu'elle connaîtrait la décision prise, de s'y opposer de toutes ses forces, si elle était trop barbare ou trop déraisonnable. Blanchette embrassa son frère et regarda son père avec ses yeux bleus très suppliants, mais sans que M. Létoile, froidement monté, y prît ou voulût y prendre garde.

Ils sortirent. Pierrot suivait son père, qui trottinait à pas aussi grands qu'il pouvait, les basques de sa redingote battant au vent comme des ailes. Le temps était froid, la route était longue ; ils descendirent la rue Soufflot, traversèrent le Luxembourg, prirent la rue de Vaugirard, puis, après divers crochets, arrivèrent à la rue de Grenelle, la suivirent tout au long jusqu'à l'esplanade des Invalides, qu'ils traversèrent. Et pendant tout ce temps, le vent froid leur coupant les oreilles, leur rougissant le nez et les forçant à mettre les mains dans leurs poches, ils n'échangèrent pas un seul mot. Pierrot, pourtant, curieux de sa nature, commençait, de plus, à être inquiet. Aussi se décida-t-il à rompre le silence.

« Papa..., dit-il d'une voix un peu tremblante.

— Qui vous autorise, Monsieur, à m'adresser la parole ? Que voulez-vous ?

— Où allons-nous comme ça ?

— Nous allons « comme ça » dans un endroit où on forme le caractère de messieurs les chenapans. »

Cela fut dit d'un ton si sec que Pierrot n'osa plus souffler mot. On arriva à la rue Saint-Dominique ; on fit encore quelques pas, puis on se trouva devant des murs blancs, et enfin devant une grille vert sombre, à laquelle M. Létoile sonna d'une main décidée. Pierrot lut, au-dessus de la porte, ces mots : « Bureau de recrutement », peints en lettres noires, qui lui parurent très effrayantes. Un factionnaire faisait les cent pas.

La porte s'ouvrit : M. Létoile la poussa. Dans une cour blanche, jonchée de petits cailloux, un sergent allait et venait, s'arrêtait pour contempler la pointe de ses souliers bien cirés, puis repartait, s'arrêtait de nouveau et recommençait. Très intimidé par ce personnage si occupé et si majestueux, M. Létoile n'osait pas s'approcher de lui. Enfin, il s'enhardit, et, tirant la lettre de sa poche, en montra la suscription au sergent, qui du coup cessa sa promenade, s'arrêta en frappant le talon gauche contre le talon droit, et, après avoir longuement épelé l'adresse, fit un signe de l'index dans la direction d'un pavillon, mâchonna quelques mots dans sa moustache, repartit du pied gauche, et ne parut plus se douter de la présence des deux étrangers.

M. Létoile se dirigea tant bien que mal vers le pavillon indiqué : la porte était ornée d'une pancarte écrite en ronde, avec l'ornement de beaux paraphes à main levée : « Entrez sans frapper. » M. Létoile ne frappa pas et entra, Pierre le suivant toujours sans broncher. Ils se trouvèrent dans une grande salle, divisée en deux dans toute sa longueur, par une cloison de bois à mi-corps. La partie où se trouvaient le chef de bureau et son fils était absolument nue et contenait simplement deux bancs de bois. Dans la seconde partie se tenaient courbés sur des pupitres des soldats qui griffonnaient des papiers ou des registres. De temps en temps l'un de ces scribes levait les bras au ciel, s'étirait, bâillait, roulait une cigarette, se la passait derrière l'oreille, où elle restait, comme un porte-plume, jusqu'à l'heure attendue de la sortie.

De nouveau, M. Létoile fut en proie à une timidité. Il demeura debout pendant quelques instants, sans que personne fît à lui la moindre attention, tout chef de bureau qu'il était ; peu à peu il en devenait rouge de colère : un chef de bureau qu'on fait attendre, cela renversait toutes ses idées. Il se décida pourtant à s'approcher de la séparation, et présenta sa lettre à un des scribes, qui cette fois se leva avec empressement, prit la lettre, disparut par une porte sur laquelle se trouvait une autre pancarte : « Bureau du commandant, » et reparut bientôt après, en priant les deux visiteurs d'entrer.

Un officier se tenait assis à un bureau surchargé de papiers. C'était un vieux chef de bataillon qui fumait une grosse pipe en écume, un gros homme à face extrêmement rouge, à cheveux et à moustaches extrêmement blancs. Malgré le froid, sa tunique était déboutonnée.

Il fit signe à ses visiteurs de s'asseoir, reprit la lettre sur son bureau, la lut et la relut, enfin commença à parler avec une voix rude et un accent alsacien très prononcé.

« Mon ami M. Brotogol des Capuches me dit que fous afez un cheune homme à encacher. Où est le cheune homme?

— Mais, Monsieur,... mon commandant..., je...

— Où est le cheune homme, que je vous tis? Je parle glairement?

— Le jeune homme, mon commandant, mais le voici, il est devant vous...

— C'est ça, le cheune homme? mais ce n'est pas un homme, c'est un camin, c'est un crincalet ; c'est un bierrot. Nous n'afons pas besoin de bierrots. Il n'aurait augune chance d'être chuché pon pour le serfize. Groyez-moi, vaites-lui mancher engore des piftecks, et refenez-nous droufer dans teux ans. C'est tans votre indérêt et tans le sien. Au refoir, Monsieur, et faites pien mes amidiés à M. Brotocol. Maintenant fous poufez essayer de le faire basser tout de même tefant le gonseil de refision. Ce que je vous en tis, c'est pour fous éfiter un refus. Atieu, Monsieur; atieu, cheune homme; prenez tes vorces pour tevenir un pon soldat plus tard, et manchez tes biftecks. »

Là-dessus, le commandant à la figure rouge et aux moustaches blanches replongea le nez parmi ses papiers, non sans rire dans sa moustache.

M. Létoile s'en alla en saluant à reculons, de l'air le plus militaire qu'il put; Pierre le suivit. Ils traversèrent de nouveau la salle où les scribes continuaient paisiblement leurs travaux, la cour où le sergent n'avait pas cessé sa marche coupée de revues de bottines, franchirent la petite porte à côté de la grille vert sombre, et se retrouvèrent dans la rue. Le chef de bureau ne prononça pas une parole, mais à son allure saccadée son fils comprit qu'il était moins content que jamais. Ils reprirent en silence le chemin de la maison, sans échanger beaucoup plus de paroles qu'en venant.

« Papa..., demanda Pierre, timidement, en se retrouvant sur l'esplanade des Invalides.

— Que voulez-vous encore, Monsieur?

— Ils ne veulent donc pas de moi comme soldat?

— Vous n'êtes même pas bon pour faire l'exercice.

— Alors qu'est-ce que je vais faire?

— Ce que vous voudrez, Monsieur; pour moi, je ne m'en mêle plus. »

Ils montaient l'escalier lorsque, deux étages les séparant encore de l'appartement, ils entendirent la porte s'ouvrir, et Blanche taper dans ses mains en sautant joyeusement et en s'écriant : « Les voilà! les voilà! »

Et quand ils furent presque arrivés.

« Venez vite! venez vite! Le déjeuner va être brûlé. La mère Marmotte a déjà mangé son bouillon; elle a faim, la mère Marmotte. Elle est bien gentille! Elle dit qu'elle a vu Pierrot grand comme cela; elle veut nous emmener tous à sa ferme! »

Pas plus M. Létoile que Pierre ne comprit ce joyeux discours; Blanche continuait à sauter en chantant : « La mère Marmotte ! la mère Marmotte ! »

Enfin M. Létoile reconnut la parente de campagne qui se trouvait là le jour fatal de la naissance de Pierrot, et dont la famille n'avait reçu de nouvelles qu'à de rares intervalles. Elle avait pas mal vieilli, la mère Marmotte, mais avec son bonnet blanc, sa robe noire, ses manchettes bien plissées et sa chaîne d'or faisant plusieurs fois le tour de son cou et s'étageant sur la poitrine, elle avait encore tout à fait bonne mine ; et si Pierrot ne la reconnut pas, — parce qu'il y avait très longtemps, dix-huit ans environ, qu'ils s'étaient rencontrés et qu'à ce moment il n'avait pas les yeux ouverts, — du moins il sentit tout de suite qu'il l'aimerait bien.

Elle lui tendit les bras, et il s'y jeta avec tant d'abandon que deux petites larmes parurent vers le coin des yeux de la bonne femme, sans pourtant rouler sur ses joues rouges et ridochées comme de vieilles pommes d'api conservées dans un grenier.

« Eh ! là ! eh ! là ! s'écria-t-elle ; mon Dieu ! comme tu n'as point profité, mon pauvre petit gas ! Mais qu'est-ce que tu as donc fait tout ce temps-là, que tu as poussé en longueur tout quasiment comme une asperge ? Et vous aussi, mon bon Monsieur Létoile, vous ne vous portez point bien ; vous voilà jaune comme un citron. Il faut que vous veniez tous à la ferme, voyez-vous, et que nous fassions du petit gas un parfait bon cultivateur.

— Ah ! vous n'en ferez pas grand'chose, dit M. Létoile d'une voix amère ; on ne veut même pas de lui pour faire un pousse-cailloux. »

Blanche, Pierrot et la maman Létoile échangèrent un coup d'œil heureux, que M. Létoile ne saisit pas, — ce qui n'en valut que mieux pour eux, — tandis que la mère Marmotte continuait à pérorer d'une voix qui emplissait tout l'appartement.

« Jésus Dieu ! Monsieur Létoile, vous êtes donc toujours comme autrefois : si rébarbatif que vous faisiez tourner en bourrique votre pauvre femme du bon Dieu ? Allons ! allons ! il faut que vous veniez aussi à la ferme ; vous allez y rester tous aussi longtemps que vous voudrez. La mère Marmotte s'ennuie là-bas toute seule, comme une vieille bête qu'elle est, depuis que son défunt est mort. Le petit gas prendra des forces, et aussi sa petite sœur ; elle traira les vaches ; et ils deviendront de vrais petits paysans. Et puis vous aussi, Monsieur Létoile, et puis toi, ma bonne Clémence. »

Et voilà qu'à table, tout en causant, cette mère Marmotte mit tant de chaleur à répéter toujours la même chose, que M. Létoile lui-même, l'entêté petit M. Létoile, finit par promettre qu'aussitôt sa retraite liquidée — elle devait commencer dans cinq ou six mois — ils iraient s'établir, pour essayer tout au moins, dans la ferme, avec les cultivateurs, les poules, les cochons, les moutons et les vaches.

« Après tout, se disait M. Létoile, et même il le répéta lorsque Pierre s'en fut jouer avec Blanche, pendant le café, peut-être deviendra-t-il un bon laboureur. Ce serait bien étonnant qu'après avoir échoué dans toutes les choses jusqu'à présent, il réussisse dans celle-là. D'ailleurs, j'aime mieux le voir pousser la charrue ou garder les troupeaux que de faire ici le vaurien et le barbouilleur. »

Quelques mois après, le moment de la retraite de M. Létoile était arrivé. On emballait dans des caisses le portrait du magistrat en rouge, la pendule à la Vengeance céleste, les meubles aux initiales L. O. I., et M. Létoile allait faire une dernière visite à M. Protocol des Cabuches, lui promettant de revenir parfois pour causer de leur chère administration.

Et pendant que la famille était en route pour la Normandie, Pierre et Blanchette bavardaient sans s'arrêter, et il leur semblait, à ces pauvres enfants, qu'ils allaient, en s'éloignant du sombre appartement de là-bas, derrière le Panthéon, voir commencer une existence très heureuse.

La mère Marmotte, s'il fallait l'en croire, « était asthme ». Nous supposons d'après ce terme qu'elle se considérait comme asthmatique ; ce qui ne l'empêchait pas d'avoir une santé de fer, de courir, d'aller, de venir dès cinq heures du matin, gourmandant les servantes, stimulant les valets de charrue, ayant l'œil à tout, depuis les poules de la basse-cour jusqu'aux provisions de la huche. Elle était d'ailleurs très généreuse, et n'était jamais si contente que lorsqu'on mangeait beaucoup après avoir beaucoup travaillé ; seulement l'ordre avant tout.

« Je suis asthme, disait-elle. Il faut que je me ménage. »

Et elle prenait ce prétexte pour s'asseoir à côté de Mme Létoile et causer avec elle pendant de bons moments, sans cesser de surveiller sa maisonnée du coin de l'œil.

Elle n'était pas « asthme », elle, la bonne Mme Létoile, mais il aurait peut-être mieux valu qu'elle le fût, surtout à la façon de la mère Marmotte. Depuis son arrivée à la campagne, sa santé était un peu languissante. Était-ce le changement soudain des habitudes et le passage d'une vie renfermée à un air vif et puissant? Était-ce simplement le contre-coup des émotions accumulées en ces dernières années, et trop fortes pour son âme sensible et pacifique? Toujours est-il qu'elle n'avait plus la même gaieté et la même confiance. Elle demeurait pendant des après-midi entières assise dans un fauteuil de paille, à la porte de la ferme, souriant doucement aux horizons d'arbres, de ciel et de plaines qui s'étendaient devant elle, et envoyant du fond du cœur une longue bénédiction à ses deux enfants, qu'elle voyait là-bas, gambadant comme des chevaux en liberté. Et c'est pendant ces heures-là qu'elle avait des conversations avec la mère Marmotte, causant mystérieusement et affectueusement.

Quant à Pierre et à Blanche, ils poussaient non point comme de mauvaises herbes, étant de bonnes et charmantes natures, mais comme de jolies plantes transportées en pleine terre : gardant toute leur finesse et leur élégance innées, mais prenant de la force et de la santé. Les travaux sérieux, il est vrai, et cette forte éducation qu'avaient jadis rêvée M. Létoile et M. Protocol, il n'y fallait plus guère songer. Pour Blanche, il n'était pas temps encore, et pour Pierre, il semblait qu'il ne l'était plus. Toute la journée ils allaient vagabondant, se promenant par les bois et les plaines, ou parcourant la ferme et inspectant les travaux. C'étaient des entrées dans les écuries, les étables et les poulaillers; des œufs que l'on récoltait, des jarres de lait qu'on transportait, des soupes d'eaux de vaisselles et d'épluchures qu'on distribuait libéralement au vieux porc dans sa bauge.

Pierrot avait là-dessus des idées particulières. Il affirmait que toutes ces bêtes parlaient et comprenaient, et que, pour sa part, il s'entendait avec elles beaucoup mieux qu'avec Me Lépineux, M. Protocol ou les prisonniers du lycée Pharamond. Avec les petits veaux, il avait de longs entretiens par meuglements; avec les jeunes poulains, des discussions par gambades et par hennissements. Dans la campagne, sauf avec sa Blanchette inséparable il ne faisait plus que sauter, pousser de petits cris sans suite, et semblait oublier les mots de sa langue. Positivement, n'eût été sa sœur, il serait devenu muet. Ce bon temps lui rappelait des jours d'enfance déjà bien lointains; il se laissait vivre, et sentait que jamais, à aucun moment de sa vie, il ne pourrait être plus dispos et moins tourmenté par les choses et les gens. En attendant, il engraissait, autant que cela lui était possible; sa figure était moins pâle, bien qu'elle ne fût pas encore des plus vermeilles; on aurait dit plutôt un Pierrot légèrement désenfariné; mais il demeurait mince et souple. De temps en temps, ces animaux avec lesquels il aimait à causer, il aurait eu envie de faire leur portrait, de les dessiner dans leurs majestueuses ou familières attitudes; mais comme le papier était rare à la campagne et qu'il n'aurait eu, en fait de calepin de notes et de croquis, que les murs blancs de la ferme et pour crayon que des morceaux de charbon, il s'abstenait de ce passe-temps, pour ne point contrarier la mère Marmotte dans son amour de la propreté, et il se laissait de nouveau envahir par la douceur environnante et griser par le grand air. C'est tout ce qu'il apprit pendant près de deux ans que la famille demeura à la ferme.

Blanche, toute petite fille qu'elle fût, se rendait plus utile. Elle apprenait une foule de recettes de ménage, et, pour ses dix ans, elle était une véritable maîtresse de maison : sachant faire la soupe du personnel de la ferme, la distribuer toute fumante dans les écuelles; habile aussi à confectionner dans une grande poêle, qu'elle tenait à deux petites mains, de copieuses omelettes au lard; n'ignorant pas non plus comment on fait la lessive et raccommodant à merveille le linge, de ses doigts agiles. Cela ne l'empêchait point de courir et de prendre du bon temps avec son cher Pierrot, et d'écouter gravement toutes les fariboles qui passaient par la tête de ce grand fou, et qu'il lui racontait en confidence. Les gens de la ferme disaient d'elle : « Mlle Blanche est raisonnable et savante comme une vraie petite femme; » et de Pierrot : « Pour M. Pierrot, il est bon enfant, mais c'est un grand benêt. »

M. Létoile leur imposait bien un peu de respect dans les premiers temps; mais peu à peu il était devenu comme la cinquième roue à un carrosse. Tous les matins il se levait de bonne heure, chaussait des pantoufles, coiffait son bonnet grec et lisait les journaux de la veille, ne passant pas une ligne ni un mot, toujours mécontent de tout et de tous. Après s'être ainsi monté la bile, il s'en allait de son côté à travers la campagne, et le malheureux qui se trouvait sur son chemin avait à subir de lui de longs questionnaires et de non moins longs discours. Aux repas, il éblouissait par son éloquence, à laquelle on ne comprenait goutte; on le laissait parler, pensant que c'étaient des choses aussi profondes qu'elles étaient inutiles. « Quand j'étais au ministère de la Justice, » répétait-il en se rengorgeant, au moins vingt fois entre la soupe aux choux et le fromage de brique. Mais c'était singulier combien on avait peu l'air de se douter, dans cette brave petite ferme où l'on vivait si uni et si tranquille, à quoi pouvait servir ce fabuleux ministère. Au fond, M. Létoile se reposait, n'était pas mécontent d'avoir un auditoire docile, ou tout au moins résigné; mais il regrettait bien un peu ses habitudes, son appartement humide, ses dossiers, et sa vie étroite de petit fonctionnaire. Puis il n'y avait pas de Bibliothèque dans le pays, et il ne pouvait commencer le grand ouvrage qu'il avait jadis rêvé.

Telle était la vie de la famille à la ferme de la mère Marmotte. La bonne femme n'avait qu'un regret, c'était de voir que décidément Pierrot ne se mettait pas d'une façon sérieuse à la culture. Pourtant elle consolait de son mieux Mme Létoile, qui commençait à concevoir des inquiétudes pour son grand garçon, voyant qu'il restait enfant si tard, et que la raison ne lui poussait guère avec les forces. « Mais si, mais si, ma bonne Clémence, disait-elle, vous verrez que cela lui viendra bien un jour, à votre petit gas. Et puis, il faudra bien qu'il travaille pour lui, comme tout le monde.

« Hélas! oui, ma bonne mère Marmotte, disait tristement Mme Létoile; mais quand je ne serai plus là!... Et alors combien il aura de peines, ce pauvre enfant, si mal armé pour la vie. C'est de ma faute, mais je l'aimais trop, le voyant si faible et si peu aimé.

— Allons! allons! voulez-vous bien ne pas dire des bêtises comme cela! Vous le verrez devenir raisonnable, je vous dis, avant qu'il soit peu. Et vous verrez aussi qu'il épousera une bonne fille de fermiers, et vous bercerez ses petits enfants. Et nous serons tous bien contents et bien aises. »

MAIS LA VÉRITABLE FEMME DE MÉNAGE ÉTAIT BLANCHETTE.

Cela n'empêche pas qu'en prophétisant ainsi de façon consolante, la mère Marmotte se détournait de temps en temps pour s'essuyer le coin de l'œil du bout du doigt; car décidément la pauvre maman Létoile devenait bien pâle, et de santé bien vacillante.

Vers le commencement du deuxième automne, elle déclina tout à fait. Elle ne quittait plus son petit fauteuil de paille à la porte de la ferme. Ce n'était pas en effet une grave maladie qui la rongeait, mais elle s'en allait, petit à petit, de langueur. Pierre et Blanche demeuraient sans cesse auprès d'elle depuis deux mois et avaient renoncé à leurs grandes promenades. M. Létoile, qui avait fait venir de Paris des livres et des paperasses pour écrire son grand ouvrage : *Mémoires, Méditations et Sentences d'un chef de bureau,* et qui était en correspondance fréquente avec M. des Cabuches, était le seul à ne pas s'apercevoir des ravages progressants. Il venait de temps en temps dans la journée, paraissait aux heures des repas, s'informait avec sollicitude, il est vrai, des nouvelles de la malade et l'engageait à prendre des forces (justement la seule chose qui ne lui fût pas possible); puis il remontait vivement dans sa chambre, et se replongeait dans son absorbant travail.

A d'autres moments, il avait des conversations un peu plus longues, mais guère.

« Ce qui te manque, disait-il à sa femme, c'est, comme à moi, la vie de Paris, notre bonne petite vie d'autrefois (Mme Létoile ne pouvait s'empêcher de sourire faiblement, ce qu'il prenait pour une approbation). Nous ne sommes pas faits pour vivre à la campagne, comme des paysans. Mais attends que j'aie terminé le livre, et, après le succès qui ne peut manquer de l'accueillir, nous pourrons retourner derrière le Panthéon. Et qui sait? qui sait? Peut-être que l'Académie française... Eh! eh! Pourquoi pas? Elle reçoit bien des ingénieurs, des militaires, des marins... il lui manque bien évidemment... un fonctionnaire!...

— Quand je pense, mon ami, que tu t'indignais des rêves de notre pauvre Pierre!...

— Mais ce n'est pas la même chose, je pense, s'écriait le petit chef de bureau d'un air offensé. Douteriez-vous par hasard du talent de votre mari?

— Non, non, s'empressait de reprendre Mme Létoile, pour calmer les effets de son imprudence. Certainement non. Mais tout ce que je te demande, c'est de n'être pas trop dur pour notre fils quand je n'y serai plus, et, quoi qu'il fasse, ce malheureux enfant, de ne le laisser manquer de rien... »

M. Létoile se contenait, roulait des yeux, fronçait le front, courbait son dos, et s'en allait après avoir traité ce « quand je n'y serai plus » de chimères et d'idées noires. Il recommandait à sa femme de se bien soigner, convaincu que « ce n'était pas grave ».

Un jour, elle paraissait aller un peu mieux; elle engagea ses enfants à faire au moins une courte promenade. Ils s'en allèrent peu rassurés malgré tout, mais plutôt ayant hâte de revenir. Il firent un tour dans le bois, bien tristes, et ne se parlant presque pas, eux de coutume si babillards. Un grand vide, leur semblait-il, allait se faire dans leur existence; mais il se serraient plus étroitement l'un contre l'autre, Blanche pressant la main que Pierre lui donnait, Pierre enlevant sa sœur de temps à autre, et l'embrassant avec de bons yeux affligés. Ils n'entendaient pas les oiseaux, tant de fois écoutés, qui sifflaient joyeux dans les arbres avant de s'arranger commodément pour dormir dans leur petit nid, et commençaient déjà la nuit avant que le soleil fût couché. Ils avaient hâte de revenir et, trouvant que leur promenade avait trop duré, pressaient le pas, leurs cœurs battant ensemble, et bien fort.

De loin ils aperçurent la ferme, et à la porte ils distinguèrent la maman, toujours assise à sa place accoutumée. Cette vue les consola et les rassura pour un instant, comme s'ils venaient d'avoir un vague cauchemar, et que, réveillés à demi, l'oppression les eût quittés. Une voix les y replongea, celle d'un valet de labour qui venait à pas pressés derrière eux et dit :

« Ah bien, je vous ai cherchés, voici tantôt une demi-heure. Mme Létoile voulait vous voir. »

Ils coururent. Elle les regardait avec son sourire accoutumé, auquel se mêlait une expression de sérénité et de grandeur qui les remplit, sans qu'ils sussent pourquoi, d'une nouvelle peine. Ils s'assirent à ses pieds, la tête sur chacun de ses genoux, et elle mettant ses mains sur leurs têtes aimées.

« Je suis bien contente de vous voir; je vous avais fait demander ; je n'ai pas voulu qu'on dérangeât encore votre père. Il travaille à son ouvrage;

et cela l'amuse... Vous voilà tous les deux, mon Pierrot et ma Blanchette, je vous aime bien; vous êtes deux braves enfants: aimez-vous toujours, quand je ne serai plus là. Ne pleurez pas, ne faites pas: Non, de la tête. Laissez-les-moi sous les mains, vos bonnes petites têtes, et écoutez-moi bien, car je n'ai plus beaucoup de forces. Tu es un bon garçon, mon Pierrot, mais tu es un peu faible; je crains que plus tard, en l'absence de ta maman Létoile, tu ne fasses quelques folies. Songe bien à ta Blanchette; elle n'aura que toi comme défenseur, comme appui.

« Et toi, ma chère petite Blanche, j'ai pu apprécier combien tu étais sérieuse; tu vas devenir la maîtresse de maison, la mère de famille. Tu auras bien de la peine, si jeune. Mais à dix ans une petite fille commence à être une petite femme. Il faudra écouter ce que dira ton père, mais tu tâcheras, n'est-ce pas, s'il est trop sévère pour Pierrot, de le ramener, comme je faisais, à un peu plus de douceur. Moi, je sais bien que Pierre deviendra un homme pour de bon; mais il y mettra peut-être un peu de temps. En attendant, tu entends bien, Blanche, tu deviens sa conseillère, son guide, et aussi sa consolatrice dans les moments de peine qu'il pourra avoir... Maintenant, ma bonne mère Marmotte, vous savez ce que je vous ai dit: vous êtes asthme, c'est vrai, mais vous êtes tout de même robuste comme un vieux chêne. Si un jour Pierrot revient à la ferme, vous ferez ce que vous m'avez promis ?... Oui? Alors je m'en vais bien contente. Envoyez chercher M. Létoile, il est temps. »

Le soleil se couchait. Le ciel était tout de pourpre. Tout le monde rentrait à la ferme et, en passant, saluait respectueusement. Pierre et Blanche n'avaient pas quitté leur place, pleurant amèrement. La mère Marmotte se tenait à côté du fauteuil; M. Létoile, debout, ne disait pas une parole, plongé dans une douloureuse stupeur, et comprenant enfin que « c'était grave ». Mme Létoile eut un dernier sourire, pressa une dernière fois les têtes de ses enfants, et poussa un petit soupir. Le soleil à ce moment disparut tout à fait derrière l'horizon, et, la nuit se faisant, la première lumière qu'on alluma à la ferme fut celle de deux bougies de cire pour veiller la pauvre maman Létoile, dont deux robustes paysans avaient, bien doucement, transporté le corps dans la grand'salle.

Elle ne tenait pourtant pas beaucoup de place à la ferme, la douce maman Létoile; mais son départ fit un vide qu'on ne saurait imaginer.

On était si accoutumé à ses bonnes paroles, à son sourire tranquille, que cette petite ferme si joyeuse, et où il faisait si bon se laisser vivre, semblait s'être assombrie à jamais. Tous les hôtes se trouvaient, cette fois, unis et bien unis dans la douleur. M. Létoile, Pierre, Blanche, la mère Marmotte, ne pouvaient se trouver à table sans pleurer lorsque leurs yeux se rencontraient. Si bien que la vie leur devenait d'une amertune impossible à supporter. La mère Marmotte était désolée de les voir ainsi affligés tous trois; mais que pouvait-elle faire, sinon leur apporter la consolation inutile de ses paroles de vieille et simple paysanne? Plusieurs mois s'écoulèrent qui, loin de calmer la douleur du veuf et de ses deux enfants, ne firent que l'entretenir, l'augmenter même. A la fin, le séjour de la ferme leur pesa, et, malgré le gros chagrin qu'ils causaient à la mère Marmotte, ils résolurent de quitter la campagne et de rentrer à Paris.

M. Létoile espérait trouver dans une vie de travail un oubli momentané de sa solitude. Pierre ne pouvait plus supporter ce grand air, ces bêtes avec lesquelles il avait tant conversé. Chaque coin lui rappelait une pensée dont il avait fait part à sa mère, un entretien qu'il avait eu avec elle et qui s'était terminé soit par d'affectueuses gronderies, soit par des rires indulgents. Aussi ne demandait-il pas mieux que de revoir ce Paris où il n'avait guère été heureux, mais où il pourrait peut-être, comme elle l'avait souhaité, commencer à devenir « un homme pour de bon ». Quant à Blanche, elle n'avait pour rôle que d'être attentive, et, bien qu'elle fût effrayée de la mission qui lui avait été assignée, elle était prête à partir où le voudraient ses deux hommes, un endroit étant aussi bon qu'un autre pour veiller sur eux et les soigner.

« Et moi, vous me laissez seule? disait avec reproche la mère Marmotte.

— Nous viendrons vous voir de temps en temps, et puis nous vous écrirons. Et ne viendrez-vous pas aussi?

— La mère Marmotte n'est plus assez jeune pour faire des voyages aussi longs. Voyez-vous, quand on est asthme, on est forcée de garder la maison. Quant à venir, ce sera bien beau s'il vous arrive de passer ici un mois dans deux ou trois ans; et pour écrire, ce n'est pas l'habitude des gens de Paris. Allons! vous oublierez bientôt votre pauvre mère Marmotte, mais elle ne vous oubliera pas. »

Comme il fut différent de l'arrivée d'autrefois, le départ pour Paris!

Pierre et Blanche se tenant tendrement mais bien tristement enlacés, ne babillaient plus comme il y a deux ans. Le chemin parcouru en sens inverse leur paraissait interminable, les arbres crêpés de deuil, et le ciel noir. Quand ils furent à Paris, ils eurent soudain un regret de la campagne quittée. Le fracas des voitures les assourdissait; l'humidité des chambres de l'hôtel où ils étaient descendus, près de la gare, avant de trouver un logement, les glaçait jusqu'aux os.

Après de longues courses, ils finirent par trouver à Batignolles un petit appartement de quatre pièces : une chambre assez grande pour M. Létoile, afin qu'il pût y placer ses papiers et ses livres, deux plus petites pour Pierrot et Blanche, une salle à manger un peu étroite et pas très bien éclairée; le tout dans une rue silencieuse et les fenêtres donnant sur le chétif jardin d'un établissement de bains, où l'on n'entendait aucun bruit et qui ressemblait tout aussi bien à un couvent.

Ils prirent une femme de ménage rechignée et lambine. Mais la véritable femme de ménage était Blanchette, qui dès les premiers jours se révéla une maîtresse de maison remarquable. Elle réveillait son monde tous les matins, servait le déjeuner, faisait paraître éclairé le petit appartement sombre, et lui donnait sinon une gaieté que la famille ne demandait pas, du moins un air de propreté, un parfum apaisant, et tout cela avec très peu de frais : un chiffon disposé avec esprit, des fleurs dans des vases de terre. Elle n'eut qu'à se rappeler les omelettes et les soupes de la ferme, pour faire d'abord des cuisines supportables; puis elle augmenta d'instinct sa science de cordon bleu. Pendant plusieurs mois elle réalisa ce miracle que pas une querelle ne s'éleva entre le père, grincheux de sa nature, et le fils, chez qui une irritabilité commençait à se montrer, et qui redevenait peu à peu, l'air confiné de Paris aidant, l'esclave de ses nerfs et de ses toquades.

En réalité, Pierre était préoccupé et agacé de sa propre inaction. Il aurait bien voulu s'employer à autre chose qu'à flâner dans les rues ou bien à errer dans le petit appartement comme un corps sans âme. Mais quoi! il sentait que son père le tolérait, ne pouvant faire de lui rien de ce qu'il avait rêvé, et le gardant pour ne pas se trouver trop seul. De plus, enfant grandi et ayant conservé la peur des autres hommes, il éprouvait comme un calmant à sa douleur toujours vive, comme un plaisir d'affectueuse tendresse à demeurer le plus longtemps possible près de sa sœur, et c'était cette petite fille, à ce qu'il lui semblait, qui le protégeait encore contre des dangers du dehors, qu'il ne s'expliquait pas, mais qu'il pressentait vaguement.

Cette famille, privée d'un de ses membres les plus chers, demeurait toute déconcertée, sans force et sans but. Combien d'êtres promènent dans la vie cette angoisse sourde de traîner leur existence sans savoir où ni pourquoi! Les Létoile étaient dans cette situation : M. Létoile et Pierre ne savaient trop où ils allaient, le père finissant par se perdre, à force de profondeur, dans ses sentences, mémoires et réflexions, et ne parvenant pas à voir clair dans ses propres œuvres ; le fils, contrarié dans son unique désir par la mauvaise volonté persistante de son père, qui le menaçait, dans son entêtement, de le mettre à la porte sans un sou, s'il reparlait jamais de son rêve d'être peintre. « Rester à la maison sans rien faire, s'il n'était bon qu'à cela; mais barbouiller, jamais! » Depuis longtemps peut-être Pierrot aurait écouté son invincible penchant, s'il n'avait craint d'affliger Blanchette, de la laisser seule, de ne plus lui-même la voir.

Elle était la seule des trois qui eût un but, elle : faire aller son ménage, maintenir la paix entre son frère et son père. Toute sa vie, elle l'eût volontiers passée ainsi, se dévouant et demeurant le seul trait d'union entre deux caractères aussi éloignés l'un de l'autre. Mais la pauvre petite était bien enfant, en cela, de croire qu'une telle situation pût durer encore longtemps. Des signes trop évidents lui auraient annoncé, si elle n'avait pas pris ses rêves pour des réalités, que fatalement, un jour ou l'autre, « cela craquerait ». En attendant, elle se dévouait corps et âme à sa mission de petite mère, et il n'était personne qui, dans le voisinage, n'aimât cette enfant pleine de courage et de grâce. On les aimait bien tous deux d'ailleurs; et quand on les voyait sortir ensemble, Pierrot et Blanchette, affinés et un peu souffreteux, tout de noir vêtus, ce qui faisait mieux ressortir la délicatesse de leur ressemblance, on ne pouvait se défendre d'un attendrissement. Quant à M. Létoile, il passait pour un ours, pour un homme sans doute honnête, mais très fier et très sec, et on ne mettait pas moins de soins à l'éviter qu'il n'en mettait lui-même à éviter les autres.

Les sorties de Pierre et de Blanche étaient rares d'ailleurs. Parfois, le dimanche, lorsque M. Létoile recevait M. des Cabuches, ou rendait visite à ce fidèle ami et ancien supérieur, ils avaient la permission de faire une promenade, et ils en profitaient avec une double joie : ils évitaient les ennuyeuses et inutiles morales de M. Protocol, et ils étaient pour quelques moments vraiment seuls ensemble.

Une des dernières fois qu'ils se trouvèrent ainsi, bras dessus bras dessous, avant que « cela craquât » pour de bon, fut par un dimanche tiède d'automne. Ils avaient fait beaucoup de chemin à pied sans s'en apercevoir, et ils étaient arrivés jusqu'aux fortifications, dont ils suivaient à petits pas le talus extérieur. Sur l'herbe, verte jadis — pendant très peu de temps — et maintenant rongée par le soleil et la poussière, rousse par places et grisâtre par d'autres, des gens étaient assis, des familles d'ouvriers, qui pensaient de très bonne foi être très loin de Paris. Des enfants jouaient à la raquette, à colin-maillard, lançaient dans les airs des cerfs-volants qui s'élevaient à une hauteur prodigieuse, de façon à ne plus paraître gros que comme le poing, ou bien se traînaient péniblement à quelques pas du sol, tressautant aux cahots de la course, comme de gros oiseaux grotesques et essoufflés. Pierre et Blanche s'amusaient distraitement de ces jeux, leur pensée apaisée suivant le vol des cerfs-volants. Ils arrivèrent près d'un de ces petits cimetières que l'on voit autour de Paris, et qui font la suite du talus extérieur des fortifications, entourés de verdoyants jardins de maraîchers. Celui-ci était touffu, de dimensions très exiguës, et son aspect n'était ni imposant ni triste, calme et indulgent plutôt, permettant, sans profanation, les piaillements des moineaux dans ses saules et dans ses ifs, et, à deux pas de sa muraille envahie par le lierre, les cris joyeux des enfants qui jouaient et les chansons des ouvriers qui se reposaient avec leurs femmes.

Blanchette et Pierrot, à cette vue, se rappelèrent... Mais ils ne furent pas serrés au cœur ; ce fut plutôt une tendresse triste qui leur monta aux yeux ; une espèce d'inquiétude de l'avenir, qui n'était pas absolument poignante, parce qu'il leur semblait, en même temps qu'ils l'éprouvaient, que, malgré les épreuves qu'ils pourraient encore redouter, ils connaîtraient pour la fin de leur vie un calme semblable à celui de ce beau soir d'été.

Il n'y avait pas un nuage au ciel, qui commençait à revêtir des teintes plus sombres, et dans lequel scintillaient déjà de petites étoiles blanches. Au loin, ils voyaient le Point-du-Jour et la Seine, disparaissant peu à peu, confusément, dans une brume d'un violet foncé. Petit à petit les chants se taisaient et les promeneurs se faisaient rares. Il n'était pas encore nuit et il n'était plus jour ; çà et là on voyait des lumières s'allumer dans les villages des alentours ; tout prenait une majestueuse douceur, et semblait agrandir dans l'obscurité commençante. Un souffle frais venait à eux de l'horizon.

« Comme nous sommes seuls ! dit Pierrot.

— Oh ! bien seuls ! dit Blanchette. Combien *elle* aurait aimé à se promener avec nous, ce soir.

— Ah ! quelle perte nous avons faite en la perdant ! Ah ! Blanchette, quel ennui et quelle fatigue je ressens, même en ces moments de tranquillité ! Te rappelles-tu, jadis, quand tu étais toute petite, nos promenades au Luxembourg, et les projets que je racontais comme un fou ! Ils sont loin maintenant. Il me semble que je ne retrouverai jamais de cette confiance que j'avais, étant gamin, même malgré tous les ennuis qu'on me faisait. Si la maman était encore là, je n'aurais pas peur ; elle serait chez nous, pour me retenir, pour me fortifier. Mais sans elle, il me semble qu'avant presque d'avoir commencé ma vie, je vais la gâcher.

— Oh ! mon Pierrot, je ne suis qu'une petite fille, une toute petite fille ; mais tu sais bien que je remplace notre mère, et que malgré les circonstances, malgré tout, c'est moi qui te consolerai et te fortifierai. J'ai bien réfléchi, depuis quelques jours ; et j'ai pensé que j'étais folle, et pas assez sérieuse, vraiment, de croire que cela pouvait durer, notre nouvelle vie à trois. Je suis maintenant comme toi, je crains un peu des malheurs. Lesquels? Je n'en sais rien. Ils viendront peut-être de notre père... peut-être de toi, mon méchant Pierrot. Mais je crois aussi que nous ne méritons pas de trop, trop, trop souffrir. Tu vois, il fait tout à fait noir maintenant, et nous savons à peine où nous allons...

— C'est cela, la nuit se fait pour nous... et elle se fera bientôt dans la vie ; mais demain...

— Demain, il fera de nouveau grand jour et nous n'aurons plus peur, mon petit Pierrot, contre qui je me serre, pour qu'on ne t'enlève pas à moi et qu'on ne m'enlève pas à toi.

— Rentrons, Blanche, car la tristesse nous gagnerait tout à fait, et notre père aurait de l'inquiétude, qui pourrait se traduire par de la colère. »

Ils avaient froid et ils pressaient le pas. En rentrant dans Paris, les lumières les éblouissaient, et le fracas des voitures les assourdissait. Ils trouvèrent deux places dans un omnibus tout rempli de familles endimanchées qui causaient avec des éclats de voix et de grands rires. Leur pensée s'isolait, et s'unissait sans qu'ils eussent besoin de se parler.

M. Létoile les attendait, mais il ne les gronda pas pour leur retard ; il fut même un peu moins revêche que de coutume. Vers la fin du repas, apprêté tant bien que mal par la vieille femme de ménage, et auquel ils ne touchèrent que du bout des dents, ils se sentaient écrasés de fatigue. Ce fut, pour longtemps, et malgré sa mélancolie, leur dernière bonne journée.

ELLE L'AVAIT LAISSÉ PASSER, BIEN TRISTE

CHAPITRE VI

M. Létoile avait fini par utiliser son fils en façon de secrétaire; il lui faisait recopier des extraits de journaux et de livres, transcrire des notes au net, enfin, tout un travail de paperasserie par lequel il espérait le ramener au goût des besognes qu'il considérait comme les seules dignes d'occuper l'esprit d'un homme. Quel rêve si, après avoir échoué dans les emplois officiels, son fils pouvait un jour entrer dans quelque grande administration particulière, banque ou compagnie de chemins de fer! De cette façon, le nom de Létoile (Onésime-Irénée) ne serait pas complètement déshonoré. Il n'y aurait qu'une légère déchéance, mais pas un absolu déclassement.

Mais pour cela il fallait procéder par la douceur, plara diplomatie, puisque la rigueur avait échoué jusqu'ici. M. Létoile se découvrait de grandes qualités de diplomate et s'étonnait lui-même. C'était déjà un énorme résultat d'avoir ainsi inspiré à Pierre le goût des travaux sérieux et de l'avoir complètement détourné de ses projets de devenir un peintre et un meurt-de-faim. Et de fait, si vous aviez vu Pierrot au travail, vous ne l'auriez pas reconnu. M. Létoile lui avait installé une table à côté de son bureau. Pierre était à la fois son sous-chef de bureau, son expéditionnaire, son commis principal et son huissier, dans le cas, qui ne s'était jamais présenté d'ailleurs, où il aurait fallu introduire des solliciteurs.

A dix heures précises, Pierre arrivait, soit de sa chambre, soit d'un petit tour qu'il avait été faire, au saut du lit, dans le voisinage. Il suspendait son chapeau à une patère, quittait son veston et le remplaçait par un autre moins neuf. Puis, par un surcroît de soins, qui était d'une bonne tradition, il passait des manches de lustrine verte, pour faire durer plus longtemps ce vêtement de travail. Enfin, après avoir taillé quelques plumes d'oie, bâillé, apprêté son papier, inspecté ses ongles, son encrier, vérifié la pointe de ses crayons, et s'être assuré que sa règle n'avait pas gauchi depuis la veille, il se mettait à l'ouvrage. Il était alors dix heures et demie. C'était le moment où arrivait le chef de bureau, le chef de division, ou même le ministre, comme vous voudrez appeler M. Létoile, puisqu'il n'avait plus de supérieurs dans son administration, et que M. Protocol des Cabuches n'était que son supérieur honoraire.

M. Létoile s'installait commodément dans son fauteuil de moleskine verte, toussait avec autorité, se carrait, et attendait que son personnel vînt prendre ses ordres. Pierre se levait, faisait quelques pas, et se présentait avec les dossiers de la veille. M. Létoile les lisait avec soin, faisant en marge des observations à l'encre noire, des corrections à l'encre bleue, et des additions à l'encre rouge. Des recommandations étaient adressées à demi-voix, auxquelles Pierre devait répondre sur le même ton, dans un langage orné de formes administratives. Il reprenait les dossiers, saluait, et allait se remettre à la besogne jusqu'à midi. Il se levait alors de nouveau, ôtait ses manches de lustrine, remettait son vieux vêtement dans le placard, reprenait le neuf et s'en allait dans la salle à manger, où il causait quelques minutes avec Blanche, toute fraîche, toute rose et toute égayée par les mines graves de son frère, qui se révélait vraiment sous un aspect bien inattendu.

Quant à M. Létoile, il restait quelques minutes de plus que son personnel, accablé qu'il était par des travaux et des responsabilités plus graves ; il se passait la main sur le front, et, se décidant enfin à quitter son fauteuil, se rendait à la salle à manger d'un air préoccupé, et d'un pas mesuré.

Le repas de midi et demi était bref et silencieux, M. Létoile ne pouvant trop compromettre sa dignité à causer familièrement avec celui qui était, de l'autre côté de la cloison, son subordonné; Pierrot ayant la pensée ailleurs; Blanchette, enfin, toujours attentive, et un peu anxieuse de voir renaître les douloureuses discussions d'autrefois. Pierre avait la permission de se promener ensuite jusqu'à deux heures, de rester dans sa chambre, ou de passer ce temps avec sa sœur. Quant à M. Létoile, il s'en allait prendre son café dans un petit estaminet des environs de la place Clichy, endroit respectable où ne se réunissaient que des rentiers moroses, des commerçants paisibles, ou des officiers retraités.

A deux heures précises, Pierre Létoile rentrait au bureau, recommençait le manège du matin, suivi, une demi-heure après, du retour de M. le chef de bureau. Le travail de grattage des paperasses recommençait consciencieusement jusqu'à cinq heures. Pendant ces trois heures, le pauvre expéditionnaire avait plus d'une fois de fortes démangeaisons dans les jambes. Il lui prenait souvent des rages de se lever, de danser au besoin la danse du Grand-Serpent-Vert, car son monotone travail le rendait, à la réflexion, indulgent pour les clercs de Me Lépineux et pour le violent passe-temps avec lequel ils aimaient à se détendre les nerfs.

Sans doute il aurait bien préféré à cet exercice le plaisir de se rendre simplement dans la pièce voisine, où il entendait Blanchette travaillant près d'une fenêtre, les pieds sur sa chaise, et raccommodant ou causant, en compagnie de la vieille femme de ménage, tandis que de sa voix fraîche elle chantonnait quelque chanson du répertoire des orgues de Barbarie, qui de temps à autre jouaient dans la cour. Mais ce grand et pourtant bien naturel plaisir lui était interdit, et il ne pouvait l'avoir que par échappées et sous de rares prétextes. Quand il avait réussi une de ces évasions momentanées, c'étaient alors, pendant quelques minutes, des joies, des rires étouffés, des gaietés dont le grand frère et la jeune sœur se bourraient, comme d'un gâteau avalé à la dérobée.

Cela ne durait guère. Bientôt on entendait la voix de M. Létoile s'élever dans le bureau, sèche et pointue, se montant graduellement : « Ces employés sont vraiment extraordinaires... Ce personnel se relâche... On abuse de ma mansuétude... Il faudra un jour que je fasse quelque exemple!... » Vite Pierrot s'en allait tristement, reprenait son maintien d'expéditionnaire modèle, et se rasseyait, tandis que Blanchette, à côté, n'avait plus le cœur à chantonner.

A cinq heures, Pierre Létoile s'échappait sans demander son reste, après avoir soumis quelques pièces à la signature. Il ne revenait que pour dîner, et, aussitôt après le repas, s'enfermait dans sa chambre. Blanche ignorait ce que signifiait cette nouvelle attitude, et se demandait si vraiment son frère n'avait pas en lui un administrateur ignoré qui soudain se révélait. Pourtant, elle croyait remarquer que son Pierrot, quand il revenait de ses courses hâtives entre les repas, avait les mains brûlantes et les yeux brillants de fièvre. Elle n'osait, malgré son inquiétude, l'interroger. M. Létoile était parfaitement heureux.

Un jour, pendant que les bureaux étaient plongés dans le travail, on sonna à la porte, et le personnel ordinaire ainsi que le personnel supérieur, n'étant pas habitués à des visites, furent bientôt en l'air. Cependant, le visiteur ayant été introduit dans l'antichambre, Pierre alla s'assurer de son identité, puis en référa au chef de bureau. Ayant reçu l'ordre de faire entrer, il revint, et, après avoir ouvert la porte, s'effaça en annonçant d'une voix nette et, pleine :

« Monsieur de Protocol des Cabuches! »

Puis il se rassit à sa table, redevenant, d'huissier, commis principal. D'un coup d'œil triomphant, M. Létoile montra ce spectacle édifiant à M. Protocol des Cabuches, et dans leurs regards put se lire, si extraordinaire que cela doive sembler, une apparence d'attendrissement. Pierre Létoile grattait son papier avec une incroyable ardeur. Ainsi se réalisait, bien évidemment, le fameux : « Nous le materons! » de M. Protocol. Il était maté, cela ne faisait plus de doute.

Charmés de ce résultat, le chef de division et l'ex-chef de bureau se mirent à causer avec entrain. M. des Cabuches était venu pour donner à son ami quelques renseignements demandés pour un chapitre de ses Mémoires. Il lui expliquait par le menu la journée d'un chef de division, ce que le ministre lui dit, ce qu'il répond, comment il s'habille, ce qu'il mange à son déjeuner, le nombre d'heures, à une minute près, qu'il consacre au sommeil, enfin la manière dont il emploie les loisirs de ses vacances. Si les deux hauts personnages n'avaient pas été absorbés par l'intérêt de ces questions, ils auraient remarqué que de temps à autre le personnel avait des allures bien suspectes, regardant M. des Cabuches par-dessus son épaule, et griffonnant des lignes bizarres, sur des bouts de papier aussitôt enfouis dans une poche ou dissimulés dans un buvard. Mais, heureusement pour le personnel, il ne se laissa pas prendre en faute; au contraire, M. le chef de division se retira charmé, et lui promit de l'avancement.

Si maintenant nous le suivons dans la rue, ce personnel zélé, une fois cinq heures sonnées, nous ne tarderons guère à constater qu'il mène une existence en deux parties singulièrement différentes, et nous découvrirons le secret de son étrange résignation pendant la première.

Voici d'abord Pierre Létoile qui court au grand galop jusqu'aux prochaines boutiques de marchands de journaux et examine avec avidité les images et les feuilles illustrées pendues à leur porte ou étalées dans leurs vitrines. Puis il poursuit son chemin, regardant en l'air; soudain son œil se fixe sur une maison quelconque, ou sur quelque passant qui le précède, et le voilà qui tire un carnet et un crayon de sa poche, s'arrête et s'évertue à reproduire le détail qui l'a frappé dans la façade, ou bien croque le passant à la course. Quand il a fait une bonne provision de ces notes, il se remet à flâner avec délices et commence de longues stations à la devanture de chaque marchand de bric-à-brac qui se rencontre sur sa route. Les vieilles croûtes représentant des souverains dont l'effigie n'est plus, depuis longtemps, sur les pièces de monnaie, ou bien conservant à la postérité parfaitement indifférente des portraits de famille inconnus : messieurs à favoris et à toupet, serrés dans des redingotes marron; dames à bandeaux noirs, à mains chargées de bagues, à robe de soie verte sur laquelle s'étagent les rangs d'un collier d'or, tout cela semble lui causer de grands ravissements.

Puis ce sont les cartons ventrus, bourrés de gravures jaunies, horrible mélange de choses médiocres et de choses mauvaises, qui sont feuilletés par Pierrot d'une main impatiente. Il craint, chaque fois qu'il tourne une feuille, ou qu'il en tire une à demi, que le marchand ne sorte de sa boutique et ne vienne lui dire qu'il faut acheter ou passer son chemin. Acheter, il ne le pourrait guère; s'en aller serait un crève-cœur. Une fois le carton épuisé jusqu'à la plus petite bribe, il s'éloigne à regret, revient lentement à la maison vers l'heure du dîner, la tête remplie jusqu'à en avoir la migraine de tout ce qu'il a vu de bonshommes, de paysages et de têtes mirifiques pendant son exploration. C'est ce qui lui donne l'air distrait pendant les repas, et aussi ces mains brûlantes et ces yeux fiévreux qui font l'inquiétude de la pauvre Blanchette.

Elle se dit, Blanchette, que son Pierrot la néglige pour une cause qu'elle ne sait pas. Maintenant il ne reste plus avec elle qu'une minute ou deux à peine pendant l'heure qui suit le déjeuner ; il s'en va en courant et revient de même. Le dimanche, ils ne sortent presque plus ensemble. Il a hâte, en effet, de s'en aller courir les musées, le seul jour où il puisse se trouver libre, de rester pendant des heures entières derrière les copistes, ne se lassant pas de voir leurs pinceaux courir sur la toile, puis de revenir par les quais, ou les images s'empilent par telles quantités qu'il ne faut pas songer à les feuilleter à les connaître toutes. Et Blanchette, délaissée, pleure plus d'une fois. Pourtant elle sent bien que Pierrot l'aime toujours. Il a tort, Pierrot, entre nous, de ne pas la mettre dans la confidence; d'abord, c'est imprudent, car elle pourrait très bien lui nuire, avec les meilleures intentions du monde ; puis c'est mal surtout de paraître manquer de confiance.

En réalité, il ne manque pas du tout de confiance en Blanchette, mais il voudrait la surprendre un jour. S'il n'était pas très naïf, il ferait mentir la prédiction du savant docteur Desmauves, et il ne serait pas un Pierrot pour de vrai. Croiriez-vous que le rêve de ce fou de Pierre Létoile, lorsqu'il vagabonde, lorsque, le soir venu, il s'enferme à double tour dans sa chambre et se met à crayonner avec rage, serait d'arriver à vendre ses dessins aux journaux, aux marchands de tableaux et même aux brocanteurs, assez cher pour acheter en cachette une maison où il transporterait comme par enchantement sa chère Blanchette et M. le chef de bureau ? Alors il n'y aurait plus rien à répliquer ; il n'y aurait plus à s'opposer à une pareille vocation, du moment qu'elle aurait ces résultats magnifiques.

En attendant, d'ailleurs, il n'en est toujours qu'au rêve, et il doute trop de lui pour avoir osé montrer le moindre de ses croquis au dernier des marchands de bric-à-brac. Sans cela, peut-être aurait-il à descendre un peu brusquement de son nuage dans la réalité. Tranquillisez-vous, cela ne saurait plus guère tarder, car il n'est si bon secret qui un jour ne s'échappe, et si chère illusion qui ne se dissipe.

Le personnel avait été envoyé une après-midi, par extraordinaire, en course, à la recherche de quelque document indispensable. Le chef de bureau appela Blanche, qui accourut.

« Blanche, mon enfant, je ne puis trouver un dossier d'une grande importance, dont j'aurais besoin juste en ce moment, pour le chapitre auquel je suis arrivé. Ce sont des notes prises sous la dictée de M. des Cabuches, et que ton frère a mises au net. Cela s'appelle ou doit s'appeler : *la Journée d'un chef de division*. Regarde donc dans sa chambre si par hasard il ne l'aurait pas emporté. Cela ne m'étonnerait pas ; il mord tellement à l'administration, ce jeune homme, qu'il est bien capable de prendre sur son sommeil !... Va voir.

— Mais, papa, dit instinctivement Blanche, qui fut avertie d'un danger par un de ces inexplicables pressentiments que tout le monde a éprouvés, tu sais bien que Pierre ferme toujours sa porte. Il vaudrait peut-être mieux attendre son retour.

— Je suis très pressé. L'inspiration n'attend pas. Mais si tu as à faire, je vais y aller moi-même. »

Il vaut mieux, se dit Blanche, que ce soit moi que papa qui connaisse les secrets de Pierrot ; et, bravement, elle s'écria :

« Ne te dérange pas, j'y vais. »

Pourquoi fallut-il que justement Pierre Létoile, dans un moment de distraction unique, eût laissé sa porte ouverte? Pourquoi fallut-il qu'au beau milieu de sa table se trouvât un petit cahier portant en lettres trop visibles: *la Journée d'un chef de division?* Blanchette, sans défiance, prit le cahier, s'empressa de refermer la porte, et tendit à son père le dossier demandé. M. Létoile le prit, l'examina et dit tout d'abord d'un air un peu étonné : « Il me semble que le format était plus grand que celui-ci. » Puis, ayant tourné la couverture, il fit un terrible saut de surprise et s'écria d'une voix que Blanchette, épouvantée, ne se rappelait que trop, la voix des disputes d'autrefois :

« Qu'est-ce que c'est que ça? »

Ça, ce n'était rien moins que la *Journée d'un chef de division,* en effet, mais bafouée, travestie, horriblement caricaturée, d'après les indications fournies par M. des Cabuches lui-même. Ah! le drôle de Protocol que cela faisait, avec son grand nez, ses favoris solennels, ses guêtres et son parapluie! Un dessin le représentait se rendant à son cabinet, par les couloirs du ministère, une serviette sous le bras, et les huissiers se prosternant sur son passage. Sur une autre page, il était assis à son bureau, et levant le bras pour parafer quelque papier, avec un geste immense, comme s'il avait voulu prendre la mesure de la terre.

« Mais regarde donc ça! mais regarde donc ça! répétait M. Létoile, furieux et montrant violemment à sa fille chaque page qu'il tournait. « Le brigand, le polisson! Quand je pense que j'étais à la veille de le faire entrer dans les bureaux de l'administration des Bateaux-Mouches! C'est pour le coup qu'elle aurait été dupée, l'administration; dupée comme moi, et le nom des Létoile à jamais couvert de honte! »

Blanche était consternée; elle sentait qu'elle venait de causer un grand malheur. Pourtant, les dessins étaient si comiques, que malgré son angoisse elle aurait eu envie de rire. Mais l'inquiétude la dominait encore davantage, et ce fut le cœur serré qu'elle vit son père se diriger vers la chambre de Pierrot. Il n'y avait pas moyen de l'arrêter; pas même à y songer. Le chef de bureau se fit commissaire de police et opéra une perquisition en règle.

Y en avait-il, des barbouillages! y en avait-il! Ils se dissimulaient traîtreusement dans tous les coins, parmi les feuillets de livres honnêtes, dans des tiroirs de commodes, dans les placards, entre des chemises, sous le tapis, derrière la glace, dans la cheminée, partout. Et c'étaient, à chaque nouvelle découverte, des imprécations de M. Létoile et des tortures pour Blanchette, qui le suivait sans oser dire un mot. Il déchirait et piétinait tous ces cahiers et toutes ces feuilles; par moments il s'arrêtait, découragé, ne pouvant détruire tout. Durant une de ces pauses Blanche vit un dessin qui lui procura une émotion de plus. Ce n'était pas un croquis bouffon, cette fois; c'était une page très sérieuse et très soignée, où Pierre avait naïvement, mais avec tendresse, retracé leur grand tour dans les fortifications, cerfs-volants dans les airs, promeneurs sur les talus, Paris au loin, et eux deux se tenant gentiment par le bras. Elle avança d'un pas et fit à ce dessin un rempart de son corps, au moment où M. Létoile étendait le bras pour le déchirer.

« MAIS REGARDE DONC ÇA! MAIS REGARDE DONC ÇA! »

« Pas celui-ci, je t'en prie ! » dit-elle d'un air si douloureux et si décidé à la fois, que son père s'arrêta net et, en haussant les épaules, sortit de la chambre en grommelant, découragé :

« Après tout, il y en a trop ; et puis il en refera d'autres ! »

Mais quel désastre ! De tous les dessins accumulés par Pierrot dans ses promenades et dans ses veilles, il restait à peine le quart d'épargné. Le reste n'était que chiffes déchirées et froissées, chiffes même pas bonnes pour les chiffonniers.

Un pas se fit entendre dans l'escalier. M. Létoile, de sa mine la plus offensée, rentra dans son cabinet. Pierrot arrivait avec son allure d'employé modèle. Blanche n'eut que le temps de le mettre au courant, en deux mots, tout éplorée. Il était mandé au bureau par le chef, dont on entendait, à travers la cloison, la voix impatiente.

Pierre demeura debout, embarrassé. M. Létoile lui dit simplement, d'un ton glacial :

« Monsieur, vous n'avez plus ma confiance. Vous serez toléré ici jusqu'à ce que nous ayons pris l'un et l'autre une détermination qui nous épargne le chagrin et la gêne de vivre sous le même toit. En attendant, je vous prierai de ne plus vous asseoir à cette table. Un artiste comme vous et un fonctionnaire comme moi ne peuvent s'entendre. Il ne vous manquerait plus que de faire la caricature de votre père. Vous pouvez vous retirer.

— Mais il y a des dossiers à finir ! balbutia Pierrot,

— C'est inutile, répliqua M. Létoile d'un ton triple sec. »

Pierre sortit, alla dans sa chambre, où il vit la pauvre Blanchette s'appliquant de son mieux à remettre de l'ordre dans les ruines.

« Et c'est moi, mon Pierrot, c'est moi qui suis la cause de tout cela, disait-elle en sanglotant. Mais pourquoi ne m'avais-tu rien dit ? Pourquoi me cachais-tu quelque chose, méchant ?

— Je voulais te faire une gentille surprise, dit Pierre piteusement, et vous apporter beaucoup d'argent.

— Mon Pierrot, reprit-elle en souriant gentiment à travers ses larmes, j'ai au moins sauvé ce beau petit-là. Je le garderai toujours. » Et elle montrait la *Promenade des fortifications*.

Mais peu à peu, tout en cherchant à la consoler, il constatait avec douleur, puis avec colère, la destruction de ses œuvres favorites, de ses notes les plus précieuses. Une fièvre de révolte le prenait ; il se montait la tête, n'écoutait plus Blanche.

« Il faut que je m'en aille, criait-il, que je sorte, que j'aille n'importe où. C'est abominable ! On me traite comme un vagabond. Eh bien, je vais devenir un vagabond. Ce n'était pas mal, ce que je faisais. Enfin tu as vu, Blanchette, cette *Journée du chef de division* : c'était à pouffer de rire, pas? M'avoir déchiré cela et tout le reste ! Non; non il a raison, je ne peux pas rester ici.

— Pierrot, Pierrot, je t'en prie ! suppliait la fillette.

— N'aie pas peur, Blanche, je penserai toujours à toi ; je ne te perdrai pas de vue. Je viendrai te voir de temps en temps, en cachette, s'il le faut. Mais je m'en vais, car ça ne peut pas durer, je m'en vais ! »

Tout en s'animant, il empilait ses cahiers et ses calepins, en faisait un paquet, qu'il plaçait sous son bras, et s'enfuyait, malgré Blanche, et pendant qu'elle tombait assise sur une chaise, pleurant à chaudes larmes, la figure entre ses mains, il lui criait une dernière fois :

« Ne te tourmente pas, je reviendrai ! »

Une fois dans la rue, il regarda à droite, à gauche, devant lui, puis partit comme un trait, mais absolument sans savoir où il se rendait. Il marchait à grandes enjambées, parlant et gesticulant.

En passant devant un petit café, il entendit une voix qui criait : « Eh ! là-bas, Monsieur Pierrot, comme vous allez vite ! » Cela le tira de sa fiévreuse rêverie ; mais il n'aurait sans doute point ralenti le pas s'il ne lui avait semblé que cette voix lui était connue. On l'interpellait si souvent dans la rue, qu'il ne se retournait presque jamais. Cependant il s'arrêta, et vit un personnage d'assez piètre allure, qui riait familièrement en réitérant son appel. C'était un homme barbu qui avait un accent du Midi ; mais pour le moment cela ne lui rappelait rien.

« Ah çà ! reprit l'homme en se grattant la tête, vous ne me reconnaissez donc pas !.. Rouffignac, votre ancien collègue... Pas pour longtemps, c'est vrai, mais enfin j'ai pu voir que vous étiez un bon compagnon... Allons, asseyez-vous donc un instant et buvez quelque chose. Vous n'êtes pas si pressé que cela, que diable !... Alors il y a donc quelque chose encore qui ne va pas?... »

Dans tout autre moment Pierrot aurait décliné l'invitation du clerc, ne ressentant pour lui qu'une très faible attraction. Mais il se dit qu'après tout ce Rouffignac n'avait pas l'air d'être un ennemi, et qu'enfin, puisque son père le rejetait parmi la catégorie des vagabonds, ce n'était pas la peine de se montrer si difficile sur le choix de ses relations.

« Voyons, reprit Rouffignac une fois que Pierre Létoile se fut machinalement assis à sa table, vous avez l'air tout bouleversé. Prenez d'abord quelque chose pour vous remettre. »

Il appela le garçon et lui commanda une boisson dont Pierre ne comprit pas le nom. Tout ce que le fugitif put constater, ce fut que cela avait un goût très fort, réchauffait la gorge, et montait à la tête. Il s'épancha, raconta ses malheurs.

« Pas commode, le papa, disait Rouffignac en secouant la tête. Mais voyons, il avait peut-être raison, cet homme. Si c'est mauvais, ce que vous faites, il voulait sans doute vous empêcher de mourir de faim. On croit parfois qu'on a du talent, et...

— Si c'est mauvais ! s'écriait Pierre impétueusement en déliant son paquet ! Si c'est mauvais ! Regardez si c'est mauvais ! Tenez ! voici justement quelque chose que vous connaissez. »

Et il tirait de parmi les papiers un petit cahier qui portait pour titre : *Souvenirs d'un saute-ruisseau.* Rouffignac reconnut, tracés avec verve, la propre étude de M° Lépineux, ses clercs, ses visiteurs, son ameublement crasseux. Tout cela était un peu gauche par endroits, mais amusant toujours.

« Tiens ! Bouracan qui se frotte les mains ! Tiens, moi ! Ah ! vous ne m'avez pas flatté. Enfin, ça ne fait rien ! Oh ! mais voilà le gros marchand de vins à la chaîne d'or... Et le petit juif, le père Mathusalem ! Mais c'est très drôle, tout ça. Mais il n'y connaît rien du tout, le père Létoile. Écoutez, je ne suis pas riche, mais si vous voulez me donner ce cahier-là, je vous paye un bon dîner. »

Pierre ne refusa pas, d'abord parce qu'il était flatté, puis parce que ces mots de bon dîner lui ouvraient des horizons de nouvelle et indépendante existence.

Rouffignac conduisit son protégé dans une petite gargote, où il le présenta à différents personnages qui étaient à peu près aussi propres et aussi séduisants que lui. Pierre n'y regarda pas de trop près. Ayant été présenté comme un jeune artiste de grand avenir, il se rengorgea, dévora ce qu'on lui servit, but beaucoup, à l'instigation de son guide. Ce qui fait que, grisé par les incidents de la journée, la vanité et le mauvais vin, à la fin du dîner il ne savait plus ce qu'il disait.

« Oui, j'en ai, du talent, criait-il au grand amusement de l'assistance. On entendra parler de moi, et cela ne tardera pas. En attendant, qui est-ce qui en veut, des dessins? Je les donne pour rien aujourd'hui ; qu'on se dépêche. Demain cela se vendra au poids des billets de banque. »

Et il jetait à pleines mains à travers le cabaret ses pauvres papiers sauvés du cataclysme, et les dîneurs les ramassaient sans le moindre scrupule. Pourtant, dans son ivresse, il se disait, se bégayait plutôt : « Heureusement que Blanchette a gardé le petit des fortifications ! »

Comment retrouva-t-il son chemin et comment parvint-il jusqu'à sa porte? Il ne put jamais se le rappeler. Il lui sembla pourtant se souvenir que sa sœur avait veillé en l'attendant, qu'elle s'était avancée vers lui joyeusement quand elle l'avait entendu rentrer, mais qu'à son aspect trébuchant, à son odeur de pipe et d'eau-de-vie, elle s'était écartée avec un petit cri de peur, et qu'elle l'avait laissé passer, bien triste, tandis qu'il se jetait tout habillé sur son lit, comme une masse.

ON SE MIT EN ROUTE...

CHAPITRE VII

Un beau matin, Pierrot partit pour tout de bon. Quand on dit : « Un beau matin, » vous savez que c'est souvent une façon de parler, car ces matins de brusques départs sont bien tristes pour ceux qui restent, sans être toujours gais pour celui qui s'en va.

Cela fit un grand vide dans le tout petit appartement. Blanche avait essayé en vain de retenir son frère.

« Non, vois-tu, ma Blanchette, disait-il en réponse à toutes ses tendres supplications, il faut que je parte. La vie est devenue impossible ici pour nous tous : pour mon père, qui est à bout de patience et finira par me chasser si je ne m'en vais; pour moi, qui me dessèche d'ennui et ne deviens rien qui vaille; pour toi enfin, ma pauvre petite, qui es perpétuellement au supplice entre nous deux, et qui ne parviens plus à concilier les choses.

— Mais je ne me plains pas tant que tu es là, Pierrot.

— Ce sera comme si je restais. Nous ne nous quitterons pas pour cela. Tu sauras où je demeure, je te donnerai de mes nouvelles; je viendrai souvent...

— Que vas-tu devenir? Je suis bien inquiète, tu me fais beaucoup de chagrin!

— Tu crois donc que je vais devenir un vagabond? Que je vais coucher à la belle étoile? Mais tu sais bien que maman nous a laissé à chacun une petite rente.

— Oh! trois cents francs par an! Tu vas mourir de faim! Tu étais si bien ici! Est-ce que je ne te soigne pas gentiment? Reste encore un peu, je t'en prie, pour essayer!

— Il y a trop longtemps qu'il dure, l'essai. J'ai perdu trop de temps. A vingt-trois ans on ne peut pas rester chez son papa comme un petit garçon. Je n'ai qu'à mettre les bouchées doubles si je veux réaliser tous mes projets. Tu verras, laisse-moi faire, nous nous retrouverons un jour tous les trois ensemble, quand j'aurai ramené notre père à de meilleurs sentiments envers moi. En somme, il a simplement besoin qu'on lui prouve qu'il a un fils en passe de devenir illustre, au lieu du mauvais sujet pour lequel il me prend... Attends seulement que je sois un peu installé dans mon atelier!... »

Pierre prononça ces deux derniers mots : mon atelier, avec tant d'emphase que Blanche en demeura stupéfaite et crut voir son Pierrot installé dans un immense hall où il pourrait faire défiler, pour modèles, tout un régiment. Elle eut un moment d'éblouissement.

« Oui, reprit-il avec animation, un joli atelier, au septième au-dessus de l'entresol (le régiment n'arriverait pas facilement, pensa Blanche), où il y aura assez de place pour mon lit, deux chaises, et une grande table (la fillette n'était plus éblouie du tout). Je m'installe aujourd'hui.

— Tu vas déménager?

— J'ai acheté des meubles tout neufs, répondit Pierrot fièrement; et j'ai payé six mois de loyer d'avance, ou plutôt je payerai tout cela quand mon père va m'avoir avancé ce qui me revient. Je lui ai adressé ce matin une demande, qu'il va trouver sur son bureau. Je l'ai rédigée dans les termes les plus administratifs : il ne peut pas me refuser. J'ai calculé que, tout payé, il me resterait encore quinze francs pour finir le mois; nous sommes le cinq... Je suis riche!

— Tu vas mourir de faim. Prends mon argent, au moins, Pierrot. Je n'en ai pas besoin, moi.

— Jamais, petite sœur chérie!... Jamais!... Eh bien, et les dessins que je vais vendre, tu les comptes pour rien?

— Enfin tu me quittes? demanda Blanche, désolée, avec de grosses larmes plein les yeux, et à bout de raisons.

— Mais, petite entêtée, puisque je te dis que je reviendrai, et riche, cette fois, avant deux ans!

— Oh! deux ans... » dit la pauvre sœur avec un gros sanglot...

Elle ne put en ajouter davantage et porta son mouchoir à ses yeux.

Pierre eut alors envie de pleurer lui-même, et peut-être aurait-il été vaincu, si la voix de M. Létoile ne s'était fait entendre à ce moment.

« J'ai reçu votre demande, Monsieur, dit-il froidement une fois que son fils fut entré. Elle était correcte, et prouve que vous auriez pu, sans vos mauvais instincts, devenir un bon employé. Je n'ai rien à objecter à votre requête; vous êtes libre de vos actes. Voici ce qui vous revient, — et il aligna sur son bureau quelques pièces d'or; — je n'aurai pas la naïveté de vous recommander d'en faire un bon usage. Puissent les épreuves de la vie vous former! Maintenant vous pouvez partir. J'ajoute que ma maison ne vous sera pas fermée. »

Pierre, tout en empochant son argent, moitié heureux d'entendre dans son gousset tinter cette indépendance, moitié accablé par la tristesse inévitable des départs, aurait bien voulu, à ces mots, se jeter au cou de son père; mais le visage du petit chef de bureau était si fermé et si froid, qu'il dut se contenter de bégayer, la gorge serrée, un « Au revoir, papa », auquel il fut répondu par un dédaigneux signe de tête.

Blanche, qui s'était faufilée dans la pièce, vit que la partie était perdue. Elle essuya ses yeux rougis, pour paraître bien forte, embrassa Pierrot en souriant et en disant : « A bientôt, » puis, dès qu'il fut parti, elle s'assit sur sa petite chaise, auprès de la fenêtre, et, écrasée par un gros chagrin, il lui sembla que plus jamais elle ne chanterait, à cette place, ses petites chansons d'autrefois.

Quant à Pierre, il ne voulait décidément pas comprendre qu'on fût triste de son départ, du moment qu'il avait promis de revenir. Pour lui, c'était tout simple : depuis longtemps il avait besoin d'air et de liberté; il prenait enfin la clef des champs sans autre cérémonie. D'inquiétude, il n'en avait aucune; un homme qui s'en va pour conquérir le monde ne saurait se laisser assombrir bien longtemps par les larmes d'une fillette de quatorze ans ou par la mauvaise humeur d'un père, ni troubler par des soucis d'avenir.

La rue n'était pas assez large pour lui, tant il marchait d'un pas altier. Il avait hâte de prendre possession de son luxueux mobilier et de sa vaste demeure. Accompagné de l'honnête Auvergnat du coin de sa rue, qui lui-même poussait une voiture à bras, il se rendit tout d'abord chez le marchand de meubles à qui il avait commandé son lit, sa table et ses chaises. Le marchand, qui était un homme consciencieux, ne lui vendit guère ce mobilier que le double de sa valeur; mais Pierre était dans un moment où l'on ne regarde pas à la dépense.

Les meubles furent transportés dans la voiture à bras, tandis qu'à chaque pièce il multipliait les recommandations et les paroles inutiles : « Prenez bien garde de ranger la table?... Croyez-vous que cela ira comme ça?... Ne cognez pas les chaises trop fort!... Si vous les mettiez dans l'autre sens...? Ah! ah! ça va bien!... Voulez-vous que je vous aide?... Oh! mais, dites donc, ça frotte! ça frotte! » L'Auvergnat continuait imperturbablement ses allées et venues, empoignant les meubles de ses grosses mains, et répétant de moments à autres : « Mais n'ayez pas peur; cha va; cha va. » La voiture une fois chargée, il demanda sans cérémonie à Pierre de lui payer un verre de vin, qui lui fut accordé aussitôt, tant il était satisfait de voir qu'il n'y avait encore rien de cassé.

On se mit en route, et ce fut un voyage triomphal, pour Pierrot tout au moins. Il précédait parfois son mobilier et son Auvergnat en levant fièrement la tête, s'étonnant un peu de n'être pas l'objet de l'admiration de tous les passants. Parfois aussi il escortait le convoi et daignait s'entretenir avec le déménageur, si bien qu'à moitié chemin celui-ci ralentit l'allure et dit :

« Vous caujez, vous caujez, que vous me donnez choif! »

Il fallut une seconde fois calmer la soif du traîneur de voiture avec un verre de vin, et même avec deux, car il prétendit qu'un seul verre lui donnait plus de regrets que s'il n'avait rien pris du tout.

La seconde partie du trajet fut plus accidentée. Le commissionnaire était devenu très bavard à son tour, racontait avec animation des histoires en charabia, auxquelles Pierrot ne comprenait pas un mot, manquait d'accrocher à chaque instant, et aux recommandations effrayées du « patron » ou du « bourgeois » n'avait pas d'autre réponse que son monotone : « Cha va, cha va, » même quand cela n'allait guère. Puis on s'engagea dans toute une série de rues en pente, et le « bourgeois » dut pousser la voiture, et s'exténuer, tandis que l'Auvergnat devenait de plus en plus rechigné. Il ne pouvait plus, maintenant, être déridé et encouragé qu'avec des verres de vin à chaque tournant : il y eut une demi-douzaine de tournants. Pierrot commençait à soupirer fort de cette dépense imprévue. Heureusement on arriva.

A la première ascension des sept étages, le déménageur fit la grimace ; il avait d'abord porté les chaises. A la deuxième, tandis qu'il assurait la table sur son dos, il se mit à geindre, en disant qu'il faisait chaud, et qu'il avait les jambes cassées. Pierrot, qui se sentait chez lui maintenant, se contenta de lui répondre par un vague : « Tout à l'heure », qui n'engageait à rien.

Lorsqu'il s'agit de monter le lit, l'exigeant Auvergnat précisa ses plaintes : « Il mourait de choif. »

« Puisque je vous ai dit que vous auriez quelque chose tout à l'heure ! » répliqua Pierrot avec une certaine impatience, qui eut du moins pour résultat qu'en montant le matelas l'homme n'osa rien dire.

Mais la voiture à bras était vide maintenant, et il ne s'agissait plus que de transporter le sommier au septième étage. Le déménageur jouait sa dernière carte.

« Ah ! mais non, à la fin, j'en ai achez, de monter tout cha sans boire. Je ne monte pluche. »

— Très bien, mon ami, répondit Pierre, qui était en colère, lui aussi, mais à froid. Je monterai ça moi-même.

— Enfin, je vais monter, parche que ch'est vous. »

Pierre paya ce qui était convenu, une fois tout entré dans sa chambre.

« Et mon pourboire ? demanda l'Auvergnat d'un air hargneux.

— C'est juste, allons-y, je vous suis. »

La face hargneuse s'éclaira. L'Auvergnat se dirigea vers la porte, sortit sur le carré ; et avec une admirable prestesse, encore qu'il fût bien las, Pierrot, qui le suivait en effet, lui envoya la pointe de son pied au beau milieu de son large pantalon. Avant que l'homme eût eu le temps de se remettre de ce pourboire inattendu, la porte s'était refermée, et Pierre Létoile s'asseyait avec délices sur sa chaise, dans sa chambre, et par la même occasion dans son atelier.

Il savoura quelques instants le plaisir de regarder son morceau de ciel par sa fenêtre à tabatière; mais il se rendit compte bientôt qu'il n'avait pas de temps à perdre s'il voulait que tout fût installé avant la tombée de la nuit. Il n'y avait que peu de chose dans son atelier, mais ce peu constituait un suffisant désordre. La table reposait dans un coin, ses quatre pattes en l'air; le lit était couché sur le côté, contre le mur, comme le cadre de quelque tableau absent; le sommier écrasait le matelas de tout son poids.

Comment disposer tout cela? Fallait-il mettre le lit dans le fond? Justement la fenêtre ne joignait pas très bien, et par les temps de pluie on pouvait recevoir des douches pendant son sommeil. A l'entrée, alors? Sans doute, ce serait la meilleure place, mais on ne pourrait plus ouvrir la porte. Il y avait bien un espace à droite; seulement, en y mettant le lit, cela condamnait un placard, le seul que possédât le local. En l'installant à gauche, au contraire, Pierrot bouchait la cheminée. C'était embarrassant. Enfin, comme il n'avait pas d'armoire et que le placard était pour le moment plus indispensable que la cheminée, Pierre pouvant, l'hiver venu, faire l'économie de combustible grâce à une gymnastique animée, il se décida à rouler son lit à gauche. Une raison encore le détermina: il pourrait mettre sa chandelle sur le marbre de la cheminée et lire étant couché. La table fut rangée près de la fenêtre, et les deux chaises de chaque côté du placard. Le logis était ainsi admirablement aménagé; seulement Pierrot avait eu du mal; il suait à grosses gouttes.

Tout d'un coup il se frappa le front. Il n'avait pas de portemanteau! Un appartement convenable ne peut se passer de porte-manteau, c'était du moins sa conviction, et pour rien au monde il n'aurait renoncé à se procurer le jour même cet indispensable accessoire; quelque chose de bien solide, avec de belles têtes rondes, et des clous de cuivre bien polis; une tête pour son chapeau, une pour son habit, une pour son pantalon et son gilet, une pour sa chemise.

Il redescendit prestement ses sept étages, et se mit en quête de l'objet convoité. Justement, dans une rue voisine, un menuisier en avait un bel assortiment. Pierrot acheta ses quatre têtes, des clous, puis demeura penaud, s'apercevant qu'un marteau lui manquait. A ses supplications, le menuisier répondit « qu'on ne prêtait jamais les outils ». Pourtant il consentit, à la fin, à faire une exception à cette règle inflexible, à la condition qu'il ne resterait pas plus d'une demi-heure et qu'il payerait cinq sous pour la location.

Pierre, son portemanteau sous le bras, remonta quatre à quatre ses cent soixante-dix marches et cloua glorieusement l'appareil à la muraille. Il se cloua bien aussi les doigts, autant par entrain que par inexpérience de ces travaux; mais il était si fier du résultat, qu'il prit à peine garde à ses ongles en sang.

« Maintenant, se dit-il en voyant que la nuit tombait, j'ai bien gagné mon dîner, d'autant plus que j'ai oublié de déjeuner, avec ce déménagement. Où mangerai-je? Chez moi? Non, ce soir je suis trop fatigué pour faire la moindre cuisine. Et puis je suis trop énervé, j'ai la fièvre, j'ai certainement beaucoup plus soif que faim. Je vais descendre boire de la bière, beaucoup de bière, et puis j'achèterai deux sous de pain et un saucisson, que je mangerai dans mon lit. »

Il calma sa soif, fit ses provisions, remonta; cela lui faisait bien la valeur de cinquante-six étages grimpés, descendus, regrimpés et redescendus. Les jambes lui rentraient dans le corps. Il avait commencé à se déshabiller, quand il poussa un cri de colère : comment allait-il se coucher? N'avait-il pas, l'imbécile! oublié d'acheter des draps? Encore sept étages, et sans doute toutes les boutiques fermées. Il fit, en effet, dans son quartier une tournée d'exploration inutile; tous les marchands avaient clos leurs devantures. Pierre en fut réduit à exposer son ennui à sa vieille concierge. Cette femme compatissante consentit à lui céder, pour la faible somme de quatre francs, une paire de draps hors d'usage, qui firent merveilleusement son affaire : il y en avait un grand, mais fort troué, et un autre sans trous, mais trop petit; toutefois cela pouvait s'arranger, grâce à diverses combinaisons de pliage.

Enfin tout était prêt pour le repos. Pierrot respira une bonne bouffée d'air à sa fenêtre, en montant sur sa table. Il regarda un instant les étoiles, puis redescendit du ciel sur la terre, c'est-à-dire qu'après s'être déshabillé et avoir disposé ses vêtements sur son lit en guise de couverture, ce qui lui fit penser que l'acquisition du portemanteau était décidément trop hâtive, il se coucha, et commença son succulent repas de saucisson et de pain, arrosé d'une bouteille de bière. Tout en mangeant, il calculait que sa fortune avait été entamée par ces dépenses imprévues d'Auvergnat et de complément de mobilier. Au lieu de quinze francs, il lui en restait huit; pour vingt-cinq jours, c'était maigre; décidément Blanchette avait raison.

Cependant, un doux rayon de lune pénétra dans la chambre au moment même où il songea à sa sœur; ce souvenir et cette pâle lumière chassèrent son angoisse; et il s'endormit profondément convaincu que dès le lendemain il aurait déjà vendu assez de dessins pour vivre de façon très large.

Le lendemain fut moins brillant qu'il l'avait espéré, et son enthousiasme de la veille ne tint pas longtemps devant les déceptions. Il s'était levé assez gaiement et il était descendu dans la cour, faire sa toilette à la fontaine, n'ayant pas de commode; puis il s'était mis au travail, retraçant diverses choses vues, son déménagement, le portrait de l'Auvergnat, du menuisier, de la concierge, du marchand de vins, le tout grâce à sa mémoire excellente.

Il esquissa aussi une charmante petite composition de la vision de Blanchette entrant par sa fenêtre avec le rayon de lune, et souriant à Pierrot endormi, pour lui apporter l'espérance. Ce dessin-là, il l'appliqua à sa muraille, décidé à ne jamais le vendre. Frugalement, il déjeuna avec le reste de son souper, passa son habit, et se mit en route vers la fortune, du moins à ce qu'il pensait.

Il commença par montrer à sa concierge le portrait qu'il avait fait d'elle. La grosse vieille femme prit le papier, le regarda à l'envers et demanda avec un air de connaisseur :

« C'est un chien, n'est-ce pas?

— Mais non, dit Pierrot un peu piqué. C'est votre portrait; seulement vous le tenez dans le mauvais sens.

— Ah! c'est mon portrait, fit-elle, flattée. Oh! c'est très bien fait... Vous me le donnez?...

— Hum! je... comptais... vous demander en échange... quelques petits objets dont j'ai encore besoin: un autre drap, deux serviettes, une

ELLE AVAIT PRÉPARÉ UN BON PETIT DÉJEUNER...

cuvette; ça ne ferait rien si elle était un peu ébréchée; un pot à l'eau...

— Ah çà ! et ma loge aussi par-dessus le marché? s'écria la commère en mettant ses poings sur les hanches. Et puis il n'est même pas ressemblant, votre portrait; j'en ai eu un bien plus joliment tiré par un potographe à la fête de Levallois, pour vingt sous. Donnez-le-moi pour rien s'il vous embarrasse; mais c'est bien pour vous faire plaisir. »

Pierre roula le portrait en boule et le jeta au nez de sa concierge, dont il se fit une mortelle ennemie.

« Le marchand de vins sera plus intelligent, » se dit-il. Et lorsqu'il lui proposa son portrait contre six bouteilles de vin, ce malhonnête négociant se mit à rire si fort, qu'il lui aurait également jeté le papier au visage, s'il n'avait remarqué que ses énormes bras se terminaient par des poings à l'assommer d'un coup.

Le menuisier se contenta, lorsque Pierre lui offrit son portrait pour le prix qu'il voudrait, de siffler une chanson et de taper plus fort sur ses clous.

« Ce sont des imbéciles, dit Pierrot. Heureusement que je sais où trouver des connaisseurs. »

Au petit restaurant de Rouffignac, il fit le tour des tables, proposant aux dîneurs ses œuvres, et rappelant qui il était. Les uns ne le reconnurent pas; les autres détournèrent la tête comme on voit faire aux gens dans les cafés, lorsqu'un pauvre vient leur demander la charité; les plus bienveillants se contentèrent de répondre doucement « qu'ils avaient déjà quelque chose de lui ». — « Je crois bien, » pensa douloureusement Pierre Létoile.

Le patron de l'établissement commençait à le regarder de travers, lorsqu'il vit entrer Rouffignac. Il alla joyeusement à lui, et lui dit sans façon comme à un vieux camarade :

« Dites donc, mon cher, vous m'invitez encore à dîner? J'ai quelques dessins pour vous.

— C'est que..., répondit le clerc d'un air plus que froid,... je dois déjà de l'argent ici..., et puis, merci... Moi, vous savez, les portraits de Boulingre, du père Lépineux et de Bouracan, cela m'amusait pour la caricature (pour la caricature ! Pierre eut envie de lui sauter aux yeux);...

mais les beaux-arts, eh bien,... ça ne m'intéresse pas beaucoup ; je n'y comprends rien. »

Pierre sortit tristement de la gargote. Il était furieux et découragé. Il pensa un instant à retourner auprès de son père et de sa sœur. Mais l'humiliation, dès le premier jour, aurait été trop forte. Malgré son inquiétude, malgré sa faim, il reprit rageusement le chemin de son nouveau logis. Il pleuvait à torrents; ses habits étaient trempés. Chez un boulanger il acheta deux sous de pain, qu'il préserva le mieux qu'il put de la pluie. Ce fut tout son dîner, après lequel il se coucha en grelottant; cette fois il n'y avait plus de rayon de lune ni de rêves d'espoir. Pourtant sa jeunesse était plus forte encore que les épreuves, et il s'endormit aussi profondément que la veille.

Pendant deux jours il vécut comme un ermite, travaillant toute la journée, ne sortant que pour aller chercher un trognon de pain et quelques sous de pommes, qu'il ménageait avec soin. Le troisième jour il reçut une lettre dont l'écriture manqua lui amener les larmes aux yeux, et lui fit battre le cœur.

Blanchette lui disait : « Déjà la moitié d'une semaine passée, méchant frère, et tu ne m'as pas encore donné de tes nouvelles. Viens après-demain dimanche, au moins. N'aie pas peur : papa a été très bon. Il passe la journée dehors avec M. Protocol; il ne te verra pas, mais il veut bien que tu viennes. Je t'embrasse, Pierrot, et, en attendant dimanche, vends beaucoup de dessins. »

« Hélas ! » pensa Pierre en lisant cette recommandation.

Blanche l'attendait avec impatience. Elle avait préparé un bon petit déjeuner. Est-il nécessaire de dire que Pierre y fit honneur avec un furieux appétit? Il y eut surtout une certaine omelette, à la façon de la campagne, qui lui fit passer dans le gosier le souvenir de la ferme et de la mère Marmotte, et de la pauvre maman Létoile... Mon Dieu ! que cela était déjà loin !

Et Pierrot mangeait, tout attendri, avec tant d'ardeur, que Blanche ne jugea pas à propos de lui demander, délicate et attentive comme elle était, si la vente de ses œuvres avait bien marché.

Pierrot fut frappé de son petit air décidé et sérieux. Il lui semblait que ce n'était plus la même fillette qu'il avait connue autrefois, et avec qui il avait fait de si folles parties. Par moments, il avait envie de l'appeler Madame. Il le dit même une fois, involontairement, ce qui les fit beaucoup rire.

« Tu ne crois pas si bien dire, Pierrot. Je deviens une personne très grave! Tu ne devinerais jamais quelle est mon occupation depuis ton départ. C'est moi, maintenant, qui suis le personnel; je t'ai remplacé comme secrétaire particulier. Cela fait plaisir à papa, et cela m'apprend à tenir des livres et à rédiger toutes sortes de papiers.

— Comment! tu as ce courage-là? Mais ce n'est pas un travail pour une jeune fille; il y a de quoi mourir d'ennui! A quoi cela te servira-t-il?

— A plus que tu ne penses, peut-être. Mais ne parlons plus de cela. Prends ton dessert, Pierrot, et fais-moi faire une bonne promenade, comme dans le temps.

La vérité, que Blanchette ne voulait pas dire, c'est qu'elle n'avait plus grande confiance dans les chances de fortune de son frère, et qu'elle songeait qu'un jour pourrait venir où il serait utile qu'elle sût gagner elle-même de quoi lui venir en aide.

« ILS ONT CARILLONNÉ AVEC UNE TELLE VIOLENCE... »

CHAPITRE VIII

« Blanche, à quoi penses-tu?

— A rien, papa. »

Et Blanche, comme se réveillant en sursaut d'un rêve très lointain, reprit son ouvrage, son merveilleux ouvrage, où sur la mousseline de soie d'une incroyable légèreté, elle faisait éclore, du bout de son aiguille, des papillons d'or, des fleurs délicatement teintées. Elle poussa un grand soupir, et de nouveau la petite aiguille se mit à courir dans le souple tissu.

En répondant timidement à la question que son père lui avait adressée d'un ton un peu sec et renfrogné, Blanche faisait une de ces reparties vagues et distraites qui sont et ne sont pas tout à fait des mensonges. De même, le père Létoile, en l'interrogeant, savait très bien l'inutilité de la demande, et qu'elle n'exprimait que très imparfaitement ce qui était au fond de son esprit.

« Blanche, à quoi penses-tu? » cela voulait dire : « Voilà que tu penses encore à ce vaurien de Pierrot, à ce mécréant, à ce coureur qui mène loin de sa famille, hors de toute occupation sérieuse, et au mépris de la considération de toute personne honorable, une existence indigne des L. O. I. ! Je te l'avais défendu pourtant, de penser à ce mauvais sujet. Est-ce que tu veux, toi aussi, me désobéir, m'irriter, me désespérer? »

« A rien, papa, » cela signifiait : « Mais oui, je pense à mon méchant Pierrot, qui nous a abandonnés, et qui m'a laissée toute seule dans le gros chagrin, moi qui l'aimais tant. Hélas! est-ce que je peux m'empêcher de penser à lui? Est-ce que je n'espère pas toujours avoir de ses nouvelles, savoir ce qu'il devient? Est-ce que je ne lui pardonne pas, moi, la peine qu'il m'a causée la dernière fois que je l'ai vu? Enfin, est-ce que ce n'est pas pour lui toujours que je travaille en ce moment même? Seulement, voilà, c'est quelquefois bien héroïque pour une jeune fille de seize ans, de rester toute la journée avec un ouvrage sur ses genoux, et un père grognon à ses côtés, sans savoir au juste quand on reverra le camarade chéri des années enfantines. Et c'est pour cela que, par moments, un peu lasse et désespérée, je laisse s'arrêter ma main, et ma pensée se perdre à la fois dans l'avenir et dans le passé. »

Voilà comment la demande et la réponse auraient pu être fidèlement traduites; mais cela n'était guère nécessaire, car M. Létoile et sa fille se comprenaient très bien sans se parler.

Et la mémoire de Blanche se reportait, tout en travaillant cette fois, au temps où son frère était parti du petit logement de Batignolles. Deux ans déjà! Comme le temps passait vite,... et lentement! D'abord l'emménagement de Pierrot, et le récit qu'il lui en avait fait. Elle en avait ri aux larmes, le dimanche où il était venu si gentiment dîner en tête-à-tête avec elle. Puis, il avait reparu de temps en temps, comme cela, à des intervalles de plus en plus éloignés. Durant les premiers mois, il arrivait de plus en plus maigre et pâle, de plus en plus dévorant, comme s'il n'avait pas mangé depuis huit jours. Il paraissait découragé, disait qu'il n'avançait à rien, et Blanche se rappelait les gentilles paroles avec lesquelles elle le renvoyait tout réconforté. Enfin, un jour, il annonça que cela allait mieux, beaucoup mieux; que l'on commençait à prendre goût à ses dessins, qu'on les lui achetait. Et ce fut lui qui invita sa sœur à déjeuner! Mais quelle aventure, et quelles grosses émotions! Jamais Blanche ne pouvait sortir, toujours accompagnée par son père; aussi quelle indignation il aurait ressentie s'il avait connu les projets de sa fille, et que de diplomatie pour pouvoir se ménager une après-midi tout entière, avec la complicité grincheuse de la vieille femme de ménage, achetée très cher!

Mais la bonne partie, dans le petit atelier de Pierrot, au sixième au-dessus de l'entresol! La cuisine faite sur le carré par l'hôte lui-même, se brûlant les doigts et brûlant les plats, servant avec empressement sa petite sœur, apportant le dessert sur la nappe blanche, faisant monter du café de chez le marchand de vins d'en bas. Enfin toute une escapade, toute une gourmandise de fruit défendu, et pourtant Blanche ayant la conscience assurée de ne point mal faire. Comme cela était loin! Et, malgré son chagrin, la petite rêveuse ne pouvait s'empêcher, parfois, de sourire en se rappelant les péripéties dramatiques de ce gala.

Un jour, violent chagrin. Le matin, en lisant son journal, M. Létoile avait soudain pâli, jeté un cri de colère, chiffonné le malheureux papier, et avait dit de son ton des décisions irrévocables : « Blanche, votre frère, votre malfaiteur de frère ne mettra jamais plus les pieds ici. Je le lui défends ! S'il frappe à la porte, la porte restera fermée. Le nom de Létoile est maintenant à jamais déshonoré ! »

Blanche se procura le journal une fois son père occupé à autre chose, et lut le fait-divers suivant, avec une grande envie de pleurer, parce qu'elle savait que son père ne reviendrait pas de sitôt sur ce qu'il avait dit, et avec une petite envie de rire, parce qu'elle vit bien que son frère n'était pas aussi coupable qu'elle l'avait craint.

« M. Pierre Létoile, l'artiste bien connu, a été arrêté l'avant-dernière nuit en compagnie de deux ou trois amis, parmi lesquels le peintre Maurin et le sculpteur Rupert Carabin, pour tapage nocturne et dégradation à un édifice public.

« Ces messieurs, après un copieux dîner, n'avaient rien trouvé de plus amusant que de venir donner une sérénade place Vendôme, sous les fenêtres du Ministère de la Justice, à deux heures du matin. Puis ils ont carillonné avec une telle violence, que le cordon de la sonnette a été brisé. Le concierge étant sorti et ayant appelé à la garde, ces jeunes révolutionnaires l'ont délicatement fait passer par-dessus la grille de la colonne Vendôme, et, autour de cette cage improvisée, ils ont dansé une sarabande sauvage. Le digne fonctionnaire en a été d'ailleurs quitte pour la peur et un fort rhume de cerveau.

« Le poste voisin est sorti en armes, a délivré le concierge et gardé à vue MM. Létoile, Maurin et Carabin, qui ont été dès le lendemain déférés au tribunal correctionnel. Ils n'ont été, en raison des circonstances atténuantes, condamnés qu'à seize francs d'amende et à cinquante francs de dommages-intérêts envers le concierge.

« Voilà qui donnera à réfléchir à ceux qui seraient tentés de suivre ce déplorable exemple, et de saper les institutions les plus sacrées de leur pays. »

Pour Blanche, indulgente aux frasques de son frère, c'était tout simplement une folie d'un goût plus ou moins pur. Mais, pour M. Létoile, c'était la perdition, le commencement de la fin, la série des aventures scandaleuses. S'attaquer au Ministère de la Justice ! mais c'était s'en prendre à lui-même ; c'était un outrage à l'autorité paternelle, ni plus ni moins. Il ne se disait pas que probablement Pierrot et ses compagnons ne s'en étaient pris à ce monument plutôt qu'à un autre, que parce qu'il s'était trouvé sur leur route zigzagante, et que cela aurait pu être tout aussi bien la Banque de France, la Chambre des députés ou l'obélisque.

Comme les causes les plus frivoles ont souvent des effets véritablement pénibles, il arriva ce que Blanche redoutait. M. Létoile tint parole. Il signifia par lettre à son fils sa résolution de ne plus le recevoir. Pour plus de sûreté, il emmena Blanche en voyage pendant deux mois. Pierre vint frapper inutilement plusieurs fois ; puis il se découragea ; il crut presque — oh ! presque seulement, mais c'était déjà beaucoup trop — que Blanche lui était devenue moins amie, ou peut-être avait acquis, au contact perpétuel, un peu de la sécheresse de son père. Et la vie, pour un temps, l'entraîna d'un autre côté. On cessa, chez lui, d'avoir de ses nouvelles.

Pauvre Blanche ! Elle, devenue indifférente ! Mais elle souffrait beaucoup, au contraire. Elle sentait combien il est désolant de n'être qu'une toute jeune fille par l'âge, si délicate, si sérieuse, si petite femme qu'elle fût par la raison. Pour rien au monde, sans doute, elle n'aurait voulu causer de chagrin ou de colère à son père par une ombre de résistance, ni même elle ne concevait pas la pensée de le laisser seul une minute. Non par peur, car, sauf pour la plus grande chose, la réconciliation tant désirée, elle était un peu la maîtresse à la maison ; mais par affection et par dévouement : elle sentait bien que ce malheureux homme, en prenant de l'âge, s'aigrissait, et qu'il était le premier à souffrir de la dureté de son propre caractère ; ses préjugés, ses petites habitudes d'esprit, un certain orgueil, étaient les plus forts. Certainement, pourtant, Blanche en était convaincue, il ressentait au fond un peu d'amour pour son « abominable fils » ; mais de tels froissements avaient eu lieu qu'il ne fallait plus compter que sur le temps, beaucoup de temps, avec le concours des circonstances et la patience indomptable d'une petite sœur.

Non, elle ne désespérait pas de ramener le fils dans les bras du père. Mais combien, avant ce prodige, faudrait-il subir de rebuffades, apprendre de bouleversantes nouvelles, dévorer de silencieuses larmes ! Et puis, si le papa Létoile lui causait des tourments et des inquiétudes par son trop de raideur, ce qu'elle redoutait, au contraire, du côté de Pierrot, c'était son trop de mobilité. Que prévoir avec un pareil chéri d'écervelé, qui, à vingt-six ans et plus, au moment où il aurait pu commencer à profiter de la fortune et à devenir un homme rangé comme tout le monde (entre nous, Blanche, malgré son indulgence, aimait bien la régularité et l'ordre), s'amusait encore à tirer les cordons des sonnettes à deux heures de la nuit !

Il pouvait être demain célèbre et riche ; il pouvait aussi se retrouver déguenillé et mourant de faim. Cette pensée frappa beaucoup Blanchette ; et comme elle ne pouvait, pour le moment, que se résigner à l'absence et se contenter de vagues espoirs, du moins elle résolut de préparer, à tout hasard, le sauvetage de Pierrot, dans le cas probable où il aurait besoin d'aide.

Tout d'abord elle devint avare pour elle-même et pour la maison. Elle nourrissait M. Létoile toujours d'une manière appétissante, mais il fallait que pas une miette de pain ne fût perdue. Nous la soupçonnons même d'avoir quelquefois, pour mettre une ou deux pièces d'argent de côté, comme une simple cuisinière infidèle, fait danser un peu l'anse du panier. Mais nous n'osons pas trop l'affirmer. Toujours est-il que si M. Protocol des Cabuches venait, comme par le passé, rendre visite à son honorable ami, et qu'on le retînt à déjeuner suivant l'habitude, Blanche ne découpait que des tranches assez minces, servait plutôt des mendiants comme dessert que des plats sucrés, et ne laissait pas très longtemps, au moment du café, la bouteille de cognac sur la table.

Nous sommes certain également qu'elle économisa sur sa toilette. Elle ne porta plus, malgré l'étonnement et les instances de son père, que des robes très simples, noires, grises, avec un tout petit volant de rien du tout, ou bien un bout de dentelle; des petites toques pas coûteuses; et toujours des gants noirs, parce qu'ils durent plus longtemps que les autres. Cela ne l'empêchait pas d'être une ravissante jeune fille, avec sa mine sérieuse et douce, et les éclairs de gaieté qui parfois, plus forts que sa volonté, brillaient au milieu de sa résignation.

Il va sans dire qu'elle laissait sans en distraire presque rien, la petite rente qui venait de sa mère. Elle devint assez forte même sur les placements d'argent, et acquit sur les affaires en général les notions d'un véritable financier.

Enfin, elle prit un jour une grande résolution. Elle décida de travailler!

Travailler pour de vrai, comme une ouvrière qui aurait besoin de gagner sa vie et de donner la becquée à ses enfants. N'était-elle pas la petite mère, suivant la volonté dernière de la chère maman Létoile, et Pierrot n'était-il pas un grand enfant dont elle avait le chagrin de se sentir éloignée?

Tout d'abord ce fut un effarement chez M. Létoile. Il fallut mettre de la diplomatie, encore et toujours de la diplomatie, pour l'amener à ces nouveaux projets. Il ne pouvait pas comprendre, en premier lieu, que son nouveau personnel, dont il était si content, voulût le quitter pour d'autres occupations. En vain il lui promit de l'augmentation, de l'avancement, des gratifications, des vacances, toutes choses auxquelles il avait généralement vu les employés de son ministère se montrer sensibles. Le personnel refusa.

Ce que ne voulait pas dire le personnel, c'est qu'il s'était renseigné très exactement sur les professions plus lucratives. Il avait au commencement pensé, ce gentil personnel, qu'il pourrait trouver à se placer, en cas de malheur, dans un magasin pour y tenir les livres, et c'est pour cela qu'il avait avec tant d'ardeur accepté de devenir le scribe du chef de bureau, afin de se familiariser avec les écritures. Mais une caissière est très tenue et gagne relativement peu, tandis que Blanche souhaitait gagner beaucoup tout en conservant son indépendance. Sa mère lui avait donné jadis beaucoup d'habileté aux délicats ouvrages de l'aiguille, à ces mille fantaisies charmantes dont le luxe et la coquetterie tentent les gens riches : broderies de soie et d'or, sacs et sachets, dentelles, enfin ces mille riens superflus qui sont parmi les choses les plus nécessaires aux existences élégantes.

Elle avait depuis longtemps négligé ces travaux, M. Létoile les haïssant comme choses frivoles, et les baptisant dédaigneusement « fanfreluches ». Mais en s'y remettant bien, elle arriverait vite à retrouver l'agilité de ses doigts et à faire des progrès. Le tout était de savoir si le gain en vaudrait la peine. C'est alors qu'elle demanda délibérément son congé, et se mit à imposer au papa Létoile des courses qui n'étaient guère de son goût. Pendant un mois, il fallut courir des magasins à journée entière, se renseigner sur le prix des choses, arriver à savoir par toutes sortes de moyens détournés à combien cela revenait, ce que cela rapportait aux ouvrières. Et pour cela il fallait que Blanche trouvât beaucoup de finesse et de courage ; car on n'était pas très disposé à renseigner cette jeune fille sur des choses que les marchands aiment assez à garder secrètes. Mais elle avait compris qu'il fallait payer d'audace, et se donner les airs d'une enfant capricieuse et riche ; aussi contraignait-elle son père à lui acheter quelques-unes des choses qu'elle avait marchandées et longuement examinées. Elle avait d'ailleurs promptement acquis une certaine assurance, un ton décidé qui en imposaient, en même temps que sa bonne grâce facilitait les conversations assez longues. Elle n'avait plus du tout l'air « petite fille ». Elle aurait bientôt dix-sept ans. Rien de tel, non plus, pour donner cette autorité à une jeune fille, que de se sentir maîtresse à la maison, et peu à peu l'empire de Blanche chez elle était devenu à peu près absolu. Il fallait d'ailleurs qu'il fût en effet bien puissant pour que le petit père Létoile se pliât à ses goûts momentanés de sortie et de dépense. Elle savait, pourtant, lui conserver les apparences de l'autorité, et il pouvait toujours se croire le maître ; il suffisait de respecter quelques-unes de ses lubies pour obtenir d'autre part d'importantes concessions. Et cela n'en était pas une mince que de voir encombrer sa maison de « fanfreluches ». Pourvu qu'il n'y en eût pas dans son cabinet... Ah! pour cela il était inflexible.

Au reste, les sorties cessèrent bientôt. Blanche savait ce qu'elle voulait savoir, partie par ce qu'elle avait appris, partie par ce qu'elle avait deviné. Ce fut un autre retranchement à emporter d'assaut quand elle déclara que ces « fanfreluches » qui lui plaisaient tant de si fraîche date, elle ne voulait plus en acheter, mais en faire elle-même. Le ministère fut envahi, bon gré, mal gré, non par elles, puisque M. Létoile ne pouvait les supporter, mais par tout ce qu'il fallait pour les confectionner : coupons d'étoffes, corbeille pleines de bobines de soie de mille nuances, bizarres carcasses de fil de fer, de bois et de carton sur lesquelles il s'agissait de faire éclore toutes les fraîcheurs de gentilles inspirations décoratives. A la place de l'ancien bureau de Pierre, — que M. Létoile vit disparaître sans en être autrement fâché, — s'installa une table sur des tréteaux. Il poussa les hauts cris.

« Mais comment veux-tu dorénavant que je reçoive M. des Cabuches ?

— Nous mettrons un paravent entre le ministère et l'atelier.

— Alors je ne te verrai pas ?

— Dame! c'est à prendre ou à laisser.

— Enfin, puisque tu le veux... Mais quand recommenceras-tu à me mettre mes écritures au net?

— Ah ! pour ça, peut-être pas avant très longtemps d'ici.

— Hélas! soupira M. Létoile, tu m'avais habitué à un autre avenir. Je pensais que tu m'aiderais toujours dans mes travaux.

— Voyons ! papa, ce ne sont pourtant pas les ouvrages d'une femme.

— Pourquoi cela? demanda naïvement le chef de bureau.

— Est-ce que tu aurais voulu, quand tu étais au ministère, avoir des femmes pour employés, pour sous-chefs, ou pour ministres?

— Jamais de la vie, par exemple !

— Eh bien, alors... »

Ce raisonnement suffit à vaincre les scrupules, et l'installation fut définitivement autorisée. Blanche ne tarda pas à se mettre au travail, et, s'inspirant des modèles qu'elle avait vus, de ses souvenirs, et aussi de son idée personnelle, réalisa bientôt plusieurs gracieuses merveilles. Sous divers prétextes, elle sortait fréquemment avec la vieille femme de ménage, qu'elle laissait à la porte des magasins où elle entrait. Et toujours elle travaillait, infatigable, sans que M. Létoile s'occupât de ce qu'elle faisait : il lui suffisait de la sentir près de lui, et il s'était remis avec une grande dignité à la rédaction de ses Mémoires. Cependant un jour il eut la curiosité de demander :

« Mais que deviennent donc, Blanche, toutes ces fanfreluches que tu fabriques? »

Blanche ne savait pas mentir, et elle répondit doucement:

« Je les vends. »

M. Létoile pensa étouffer de surprise, et aussi de colère ; sa fille faisait du commerce, et son fils, peintre, cassait les cordons de sonnettes! Eh bien! les descendants des Létoile avaient bien tourné! La violence de ses sentiments le rendit muet pendant quelques instants, et c'est justement ce qui sauva la situation. Blanche avait l'air si calme et travaillait si en paix avec sa conscience, que, lorsqu'il put parler, il ne trouva rien à dire.

« Mais certainement, expliqua Blanche tout en continuant à tirer son aiguille, et je les vends même maintenant avec un assez bon bénéfice. Au commencement les marchands croyaient venir assez facilement à bout de moi parce que je suis encore une gamine, du moins pour les gens qui ne sont pas physionomistes. Je leur ai bien montré que les Létoile, outre leurs autres qualités, ont de l'entêtement. »

M. Létoile sourit d'abord, mais redevint soudain sérieux.

« Oh! je ne leur vends pas ces choses-là sous notre nom, tu penses bien. (M. Létoile se rasséréna.) Je suis censée vendre les ouvrages d'une tante infirme et très exigeante, ayant travaillé pour la princesse de Galles... Et voilà... J'ai déjà fait des bénéfices suffisants pour pouvoir augmenter encore le luxe de mes ouvrages et par conséquent élever mes prix... Je gagne, en moyenne, trois ou quatre francs par jour, et je compte bien arriver à cinq, six et même sept ou huit... Et nous verrons plus tard, continuait Blanche en s'animant.

— Mais que veux-tu faire de cet argent? N'as-tu pas tout ce qu'il te faut?

— J'ai mes projets...

— Et lesquels, s'il vous plaît?

— Eh bien..., dit Blanche, prise de court, et rappelée soudain à la prudence, ce sera pour augmenter ma dot quand je me marierai. Oh ! j'ai du temps devant moi, » s'empressa-t-elle d'ajouter pour dissiper le nuage de tristesse qui déjà obscurcissait le front de son père.

C'est au cours d'une de ses sorties chez ses clients, maintenant acceptées par M. Létoile, qu'elle avait vu pour la dernière fois Pierrot, et qu'il lui avait causé le gros chagrin dont nous avons parlé.

Elle avait une bonne demi-journée de libre et elle était joyeuse de voir enfin son frère en cachette. Pierre habitait toujours son taudis, mais il était superbement vêtu, tiré à quatre épingles, et tout, autour de lui, annonçait un départ prochain. Des paquets étaient amoncelés, les tiroirs étaient vides, le lit dégarni. Il reçut sa pauvre Blanchette d'un air important et distrait, la traitant un peu en petite fille ; il lui expliqua qu'il avait gagné beaucoup d'argent ces derniers temps, qu'il allait s'installer sur un pied digne de sa célébrité, le tout sur un ton protecteur de parvenu qui fit gros cœur à sa visiteuse. Elle montra, ne sachant que dire, quelques ouvrages qu'elle portait.

« C'est moi qui fais cela, dit-elle en tremblant un peu.

— Tiens ! ce n'est pas mal.. Seulement, ceci n'est pas harmonieux ; ça c'est naïf, et voici qui est mal dessiné. A ta place, je ferais les fleurs comme ça, comme ça et comme ça. »

Et Pierrot, saisissant des crayons de couleur, jetait une esquisse, et en quelques traits donnait une leçon à Blanchette, lui ouvrant toutes sortes d'aperçus nouveaux, lui recommandant de regarder les vraies fleurs, lui expliquant comment il fallait les grouper. Déjà il redevenait le bon Pierre d'autrefois, animé et caressant. Soudain il tira sa montre, eut un tressaut d'impatience, et dit en ouvrant la porte, et en poussant doucement Blanche, à la manière usitée pour se débarrasser des importuns :

« Eh bien, c'est cela, c'est cela, tu reviendras me voir un autre jour ; j'attends quelqu'un... c'est très important !... Reviens de temps en temps, tu trouveras mon adresse partout... Ça me fera plaisir quand je ne serai pas trop occupé. »

Ces derniers mots serrèrent tout à fait le cœur de Blanchette. Pierre avait l'air impatient et un peu fou. En descendant elle ne put retenir ses larmes. Ah ! le méchant ! comme elle se vengerait si jamais il redevenait malheureux ! Et en même temps elle souhaitait qu'il ne le fût pas une minute de sa vie. Comme elle se vengerait en le consolant et en l'aidant !

Depuis ce temps-là, c'est-à-dire depuis près de deux ans, elle n'avait plus eu de nouvelles de ce frère si gâté par les premiers succès, et devenu, par un phénomène pas absolument rare, égoïste et sec en devenant riche. Cela ne l'empêcha pas de travailler avec plus de courage et d'ardeur encore qu'auparavant. Tout en travaillant pour Pierre, — n'en eût-il pas besoin, — elle appliquait ses trop brefs conseils, et son travail devenait de jour en jour plus original et plus séduisant, peut-être un peu parce que le chagrin donne parfois aux œuvres d'un artiste une saveur précieuse, et qu'elle était en son genre une véritable artiste. Elle avait maintenant un grand succès, vendait ses « fanfreluches » très cher, et était très connue, très aimée des grands marchands parisiens. Allons ! il lui fallait encore du courage, beaucoup de courage !

Aussi, un jour qu'elle était retombée, malgré elle, dans sa méditation, et que son père lui demandait, suivant son habitude : « Blanche, à quoi penses-tu ? » elle répondit d'un ton de profonde réflexion, mais qui n'admettait pas de réplique :

« Je songe à la place qu'il va me falloir trouver bientôt pour installer mes ouvrières. »

Les bras de M. Létoile tombèrent le long de son corps, son pince-nez sauta, ses yeux s'arrondirent, et sa bouche s'ouvrit, ce qui indique généralement, dans le langage mimé, une assez vive surprise.

« C'EST MOI QUI SUIS LE PETIT DU LUXEMBOURG... »

CHAPITRE IX

A peine Blanche avait-elle descendu l'escalier, le jour où Pierre la reçut de façon si précipitée et si peu tendre, qu'il en eut un vif regret. Il pensa aussitôt aux difficultés qu'elle avait dû vaincre pour s'échapper une couple d'heures, à la gentille attention qu'elle avait eue de lui apporter ses jolis ouvrages. « Sans doute elle voulait me les laisser ici, comme un souvenir d'elle, pour que je ne l'oublie pas, pour que quelque chose d'elle me tienne compagnie. Et moi, comme une brute, je n'ai pas su deviner cela. Je me suis mis à faire l'important et le pédant. Elle m'apportait une caresse, et je lui ai donné une leçon de dessin. Ma pauvre Blanche! Il me semble qu'elle a eu envie de pleurer à un moment... Pour la consoler, je l'ai poussée vers la porte! Quel joli spécimen de crétin et de misérable je suis!... Blanche! Eh! Blanche! Reviens donc, remonte! J'ai oublié de te dire quelque chose!... »

Et Pierre sortait précipitamment, se penchait sur la rampe, appelait à grands cris, et, n'entendant aucun bruit, descendait l'escalier quatre à quatre. Ah bien, oui! il y avait longtemps qu'elle était dans la rue, de son petit pas pressé... « Parbleu ! elle était en retard, et ne tenait pas à se faire gronder par son père après avoir été ainsi rabrouée cruellement par son frère. » Dans la rue, plus personne à droite ni à gauche ; pas la peine de courir. Pierre remonta tout triste et tout furieux. Aussi, depuis quelque temps il ne faisait que des bêtises, et il ne méritait guère la fortune qui lui arrivait.

Ce n'est pas pour plaider les circonstances atténuantes, car Pierrot, à notre avis, était bien, comme il le disait, un « joli spécimen d'animal » en recevant ainsi la pauvre Blanchette ; mais il faut avouer qu'il avait quelques raisons de perdre la tête. Blanche n'était plus seule à occuper la pensée de toute sa vie... Pierre avait fait une rencontre, il y avait quelques mois, et depuis ce temps-là il s'était fait une grande révolution dans sa cervelle.

Un jour qu'il n'avait rien de mieux à faire, les clients ne venant décidément point pour acheter ses inspirations sublimes, il s'était avisé de grimper sur sa table et de passer la tête par la lucarne. Il avait résolu de regarder voler les hirondelles, les moineaux et les mouches, d'étudier les aspects des nuages et de tâcher de découvrir les lois qui président à leurs métamorphoses instantanées ; enfin, quand il aurait assez de l'histoire naturelle et de l'observation des phénomènes aériens, il projetait de compter les innombrables tuyaux de cheminée et de les classer par familles suivant leurs formes et leur nature. Ce sont trois occupations très intéressantes et peu coûteuses, que nous recommandons à l'occasion : elles ne vous fatiguent point l'esprit et permettent même, au besoin, de penser à autre chose, tout en augmentant l'étendue de vos connaissances.

Pierre avait déjà fait d'assez curieuses observations sur le vol des hirondelles, et s'était livré à des méditations sans fond sur le difficile problème de savoir pourquoi un nuage figurant un chameau se change tout d'un coup en hareng saur, et un mouton à cinq pattes en escadron de cavalerie lancé au galop. Il passait maintenant, pour varier, à l'étude des tuyaux, moisson de sa plaine de toits, et il riait aux larmes de l'allure de certains de ces appareils. Il y en avait en effet de maigres, de gras, de tordus, de vermoulus, de simples, de compliqués, de prétentieux, de gais, de tristes. Certains étaient coiffés de drôles de chapeaux, d'étranges girouettes; d'autres arboraient les quatre points cardinaux, et d'autres étaient surmontés de flèches qui menaçaient tantôt à droite, tantôt à gauche, tantôt par devant, tantôt par derrière, un ennemi invisible, peut-être un autre tuyau avec qui ils étaient en de mauvais termes; les uns avaient été décoiffés par le vent et semblaient tout bêtes; les autres paraissaient s'amuser comme des fous, tournant à la bise avec une vitesse impossible.

Soudain, entre un grand noir, grave, coiffé d'un chapeau haut de forme, qui lui donnait l'air d'un notaire, et un autre, ventru et paisible, qui avait la mine d'un bon bourgeois, le regard de Pierrot fut attiré par une fenêtre, et son attention lâcha tout à fait les tuyaux de cheminées. Cette fenêtre était toute encadrée de fleurs, ce qui était déjà très joli, les autres étant beaucoup plus généralement décorées de vieux linges et de loques lamentables; de plus, elle encadrait elle-même, pour le moment, le visage d'une très charmante jeune fille, ce qui était plus joli encore. La jeune fille riait à belles dents; elle riait en voyant Pierrot grimacer son admiration devant le paysage des toits. Comme, très probablement, il avait fait ses remarques tout haut, et que les deux fenêtres n'étaient pas si distantes l'une de l'autre que l'on ne pût entendre la voix, en prêtant l'oreille, cela devait également être une des causes de la gaieté de cette voisine. Mais, aussitôt qu'elle vit que Pierrot s'était aperçu de sa présence, la voisine rentra brusquement, toujours riant, et rougissant un peu.

Pierre attendit longtemps; pendant plus d'une heure (du moins il lui sembla que l'attente n'avait pu moins durer) rien ne parut. Puis le cadre fleuri présenta une nouvelle image. Pierre fit une involontaire grimace : c'était une bonne dame à la figure un peu triste et grognonne, toute vêtue de noir. Aussitôt qu'elle aperçut le jeune homme, la vieille dame disparut aussi, mais en fermant la fenêtre d'un air soupçonneux, ce qui causa à son vis-à-vis un désappointement fort vif. C'est en vain qu'il voulut se remettre à compter les tuyaux, les mouches et les nuages: son esprit n'y était plus; la fenêtre qu'il avait pourtant vue cent fois sans s'y arrêter, qu'il considérait comme une fenêtre semblable à toutes les autres, prit dans ses préoccupations une place tyrannique.

Il y avait à cela, il est vrai, une raison toute particulière. Cette vieille dame et cette jeune fille lui causaient l'étrange impression des souvenirs que vous cherchez à préciser et qui vous fuient. Où les avait-il vues? Les avait-il jamais vues seulement? Pourtant si elles avaient été absolument des inconnues, elles n'auraient pas rappelé en lui, et malgré lui, l'image confuse des années déjà lointaines. Il eut beau se mettre la tête au supplice, il ne trouva rien.

La fenêtre alors devint pour lui l'objet d'une véritable idée fixe. Sans cesse il montait sur sa table; mais la fenêtre demeurait obstinément fermée. Alors il redescendait et cherchait à se mettre au travail en s'apostrophant durement : « Après tout, qu'est-ce que cela peut te faire, espèce d'imbécile, que cette bonne femme et cette gamine aient ou non le nez dehors? Est-ce que c'est cela qui te donnera à manger? Bûche donc, tu feras mieux. » Et à peine entendait-il le grincement de l'espagnolette d'en face, il grimpait sur sa table, et son talon déchirait ou salissait sans pitié le dessin commencé.

C'était bien la peine, pour la vieille dame, toujours la vieille dame, et qui ne lui lançait pas des regards précisément doux. Lorsque, par le plus rare des hasards, c'était la jeune fille, elle s'éclipsait comme par enchantement, et paraissait toute gênée et toute mécontente de l'insistante curiosité de cet indiscret.

Alors, toujours hanté par l'idée de savoir qui étaient ces voisines, et espérant, une fois qu'il serait renseigné, être à jamais débarrassé du besoin de regarder la fenêtre, Pierre changea de tactique. Il explora le quartier. Il fit le tour de tous les pâtés de maisons voisines, sans parvenir à s'orienter. Comme son quartier se composait de ruelles très compliquées et de vieilles maisons construites de la manière la plus bizarre, il avait beau recommencer mille fois ses calculs de topographie, il ne réussissait pas à déterminer l'emplacement de la fenêtre fleurie par rapport à la sienne. Il demanda bien à diverses concierges s'il n'y avait pas dans leur maison une vieille dame en robe noire, avec une jeune fille en cheveux blonds. Mais les unes lui fermèrent la porte au nez, les autres lui répondirent qu'elles avaient comme locataires au moins douze vieilles dames en deuil, accompagnées d'autant de jeunes filles blondes et lui demandèrent « si c'était mâme Loiseau, mâme Thierry, mâme Chapoulard ou mâme Auguste qu'il cherchait ».

Encore dépité de ce côté, il s'imposa des factions dans les diverses rues, et naturellement il vit passer une quantité de personnes, excepté celles qu'il eût souhaité rencontrer. Pourtant, un jour, à la fin, il vit sortir d'une boutique la vieille dame en robe de deuil; elle lui parut bien avoir l'air triste, mais pas du tout grognon, très doux et très bon au contraire. Il fut alors absolument sûr qu'il l'avait connue jadis, mais ne put pas davantage se rappeler son nom. D'ailleurs, il fut tellement paralysé qu'il n'osa l'aborder, et ne songea même pas à la suivre pour savoir où elle demeurait...

Mais en remontant chez lui, ses souvenirs se précisèrent tout d'un coup. Un pressentiment l'avertit soudain qu'il allait être bientôt tiré d'anxiété. Et voici que, la nuit tombant et Pierre s'étant placé tout doucement en observation, la petite fenêtre s'alluma, puis s'ouvrit. Les deux voisines, n'apercevant pas Pierrot dans l'ombre, s'accoudèrent à côté l'une de l'autre et parurent goûter avec un vif plaisir la liberté de prendre le frais sans être épiées par un voisin gênant. La jeune fille se mit à chantonner, puis à chanter plus fort, puis à raconter à sa vieille compagne mille folies, en riant aux éclats. Cette voix, pour Pierrot, éclaira toute la nuit. Il revoyait sa toute première enfance, et ses mélancoliques promenades du Luxembourg, et les gamins qui riaient sur son passage, et ses deux amies qui ne riaient point : la vieille et la toute petite. Et ne voilà-t-il pas le fou qui se mit à crier à pleins poumons :

« Guiguiche ! »

Aussitôt les deux voisines poussèrent un cri de peur et fermèrent vivement leur fenêtre. Pierrot était bien un peu penaud de ce résultat, mais au fond il était ravi. C'étaient bien Guiguiche et la mère Modeste ! Comment avait-il été assez bête de ne pas les reconnaître plus tôt ? Quelle chance ! Il allait avoir des amis tout près de chez lui ; il pourrait recommencer les bonnes promenades d'autrefois. Mais comme Guiguiche avait grandi, comme elle avait changé, comme elle était devenue jolie !... Pierre se sentit soudain passer de la joie extrême à l'extrême tristesse : « Si elles allaient ne pas me reconnaître, et me prier de passer mon chemin ! » Cette pensée l'empêcha de dormir. Le lendemain matin, à la première heure, il était debout et demandait derechef à toutes les concierges du voisinage « mâme Modeste ». A la sixième maison on lui répondit qu'elle sortait tous les matins juste vers ce moment-là avec sa petite fille. Pierrot attendit, et elles ne tardèrent pas à paraître. Malgré ses vingt-six ans, il se sentait timide, embarrassé comme un enfant, et ce fut en tortillant son chapeau entre ses doigts qu'il leur dit, ne trouvant rien de mieux :

« C'est moi qui suis le petit du Luxembourg. »

Cette étrange présentation, étant donné que « le petit du Luxembourg » les dépassait de toute la tête, parut plonger la mère Modeste dans la stupéfaction et fit partir Guiguiche d'un grand éclat de rire.

« Mais oui, vous savez bien, votre petit ami d'autrefois, qui venait si souvent, le soir, à votre rencontre quand vous reveniez de l'atelier de Vaugirard.

— Ah ! c'est vous, répondit la mère Modeste d'un air doux et sérieux. En effet, mon garçon, je vous reconnais maintenant.

— Comment, c'est vous? Monsieur Pierre, s'écria la jeune fille avec un rire qui lui mit aux joues et au menton de mignonnes fossettes, tandis que ses cheveux blonds, tout ébouriffés, semblaient voltiger autour de son front. Eh bien, vous nous avez fait joliment peur. C'est vous qui aviez tout le temps votre tête à la lucarne et qui faisiez de si étranges grimaces !... Nous avons été si effrayées pendant plusieurs jours que nous nous attendions chaque nuit à être volées par ce voisin mystérieux. Pourquoi ne vous êtes-vous pas fait connaître plus tôt?

— Mais je n'étais pas assez sûr de ne pas me tromper. C'est que vous êtes comme moi, Mademoiselle Guiguiche : vous avez pas mal grandi. Ils ont fait du chemin... les petits du Luxembourg ! »

Et cette fois tous les trois éclatèrent de rire. La mère Modeste reprit, tout en marchant :

« Qu'est-ce que vous êtes devenu depuis ce temps? Que faites-vous maintenant?

— Je suis artiste, répondit Pierrot en se rengorgeant. Je suis peintre.

— Ah ! dit Mme Modeste assez froidement.

— Quel bonheur ! dit Guiguiche en frappant des mains. Vous me ferez mon portrait !

— Mais, vous verrez, Madame Modeste, dit Pierre légèrement piqué du peu d'enthousiasme de la bonne dame. Je gagne de l'argent, ou plutôt j'en gagnerai beaucoup un de ces jours. Je travaille énormément. Je ferai certainement le portrait de Guiguiche, et le vôtre aussi. Nous irons ensemble faire de bonnes promenades : je vous dessinerai comme cela en plein air dans les champs. Ce sera charmant. Je suis libre à présent !

— Nous sommes arrivés, dit Mme Modeste sans répondre directement à la proposition de Pierre Létoile. Voici la maison où Guiguiche fait ses broderies. Allons ! au revoir, Monsieur Pierrot ! »

Pierre rencontra plus d'une fois « par hasard » ses deux voisines, et ils ne tardèrent pas à redevenir de bons amis. Le dimanche ils faisaient parfois des promenades aux environs de Paris, et Pierre dessinait et peignait des études d'après Guiguiche et la mère Modeste, de frais et gracieux tableaux, qui eurent du succès et qu'il vendit assez bien. Depuis cette rencontre, Guiguiche semblait avoir porté bonheur à son voisin et ancien camarade.

Au bout de quelque temps, il prit une grande résolution, qu'il ne fut pas, pourtant, sans tourner longtemps dans sa tête. Or ce fut justement le jour où Blanche vint le voir, qu'il avait décidé de mettre ce projet à exécution. De là vint cet air distrait et impatient, alors que dans tout autre moment il n'y aurait pas eu pour lui de plus grande fête. Mais il se disait, à cette heure-là, qu'il saurait bien retrouver Blanche aussitôt qu'il le voudrait fermement, tandis qu'il avait peur, s'il ne se décidait pas ce soir même à parler à ses amies, de ne plus avoir le même courage.

Il craignait de manquer la sortie de Guiguiche et de la mère Modeste. Il courut, et arriva juste à temps. Après avoir parlé de choses indifférentes, il dit tout à coup à la bonne dame, étonnée :

« Voyons, mère Modeste, vous reconnaîtrez que je suis un brave garçon?

— Mais... certainement, Monsieur Pierre.

— Je gagne maintenant largement ma vie... et même plus.

— Tant mieux pour vous, mon ami, mais vous ne suivez pas mes conseils; sans cela vous ne dépenseriez pas tant d'argent pour votre toilette, et vous n'auriez pas loué ce nouvel atelier, si cher que vous n'avez plus un sou de côté.

— C'est vrai, mais je vais bientôt retrouver des sommes folles.

— Je le souhaite pour vous, mon bon Pierrot.

— Tout cela, c'est pour vous dire... que je voudrais épouser Guiguiche. »

Et, une fois cela dit, Pierre Létoile parut débarrassé d'un énorme poids. Mme Modeste devint tout d'un coup extrêmement sérieuse. Guiguiche, au premier moment, éclata de rire, mais parut bientôt aussi sérieuse que la mère Modeste, triste presque.

« Hélas! mon pauvre garçon, dit la mère Modeste de son ton le plus posé, et comme si la demande ne l'avait point surprise et qu'elle s'y fût préparée depuis longtemps, ainsi qu'à la réponse, ce que vous souhaitez là n'est pas possible. Guiguiche est pauvre, vous l'êtes aussi, car vous n'êtes riche que d'espérances, et c'est une monnaie bien légère. Plus tard, peut-être, nous verrons. Vous êtes encore jeunes tous les deux.

— Mais..., dit Pierrot suffoqué, et se tournant vers Guiguiche comme pour obtenir un langage différent.

— Ma mère Modeste a toujours raison, dit Guiguiche avec douceur et un peu de tristesse résolue. Et puis, je ne peux pas la quitter comme cela.

— Eh personne ne parle de la quitter. Elle viendra avec nous!

— N'insistez pas, Monsieur Pierre, dit la mère Modeste. Il faut même, puisque je suis en train de vous faire de la peine, que je vous annonce que Guiguiche entre dans une autre maison de broderies. Il faudra que vous veniez moins souvent... On finirait par trouver tout cela étrange dans le quartier...

— Ma mère Modeste a raison, dit encore Guiguiche.

— Eh bien, puisque c'est comme cela, s'écria Pierre en faisant un grand geste et en enfonçant son chapeau d'une manière menaçante, je vais devenir très riche!... Et alors, si vous refusez encore... nous verrons! »

Et il s'éloigna en faisant des enjambées immenses. Le lendemain il achevait son déménagement et s'installait dans son nouvel atelier. Cependant, il conserva sa pauvre mansarde, cet humble atelier-chambre-à-coucher qui avait été témoin de ses premiers mécomptes et de ses premières espérances. Était-ce par précaution, et pour se garder un gîte en cas de revirement de fortune? Était-ce simplement pour rester un peu le voisin de Guiguiche? Comme nous ne le croyons pas doué d'assez de prévoyance pour avoir songé à la première raison, nous considérons la seconde comme beaucoup plus vraisemblable.

Pierre Létoile, cependant, mit sa menace à exécution : il gagna beaucoup d'argent, et au bout de deux ans il revint très fidèlement trouver Guiguiche et la mère Modeste, les mit au courant de son opulence, pensa les éblouir du récit de ses succès, et conclut par la demande que vous pensez bien.

« Et maintenant, mère Modeste, maintenant qu'il est riche, je pense que rien ne s'oppose à ce que le petit du Luxembourg devienne le mari de sa chère camarade. »

La mère Modeste était, décidément, avec ses mines de douceur, de résignation et de bienveillance, la plus contrariante personne qui fût. Pierre tomba de son haut — et très douloureusement — lorsqu'il s'entendit répondre avec la même tristesse résolue :

« Eh bien, mon cher Monsieur Létoile, voyez-vous, cela demande encore réflexion. Vous êtes riche, sans doute; mais Guiguiche n'a pas cessé d'être pauvre, et très pauvre. Vous, vous êtes un homme presque célèbre; elle ne connaît guère le monde et n'a guère envie de le connaître. Je suis convaincue qu'avec la meilleure volonté de part et d'autre, et la plus vive affection, — pour commencer, — Guiguiche ne tarderait pas à être très malheureuse. C'est pourquoi, je crois de mon devoir d'ajourner encore mon consentement, et je suis sûre que ma petite fille est de mon avis.

— Mon Dieu, dit Guiguiche en souriant, Monsieur Pierrot, vous êtes bien gentil... mais je ne dois pas quitter comme cela ma mère Modeste.

— Mais enfin, s'écria Pierre exaspéré, si je ne puis vous épouser ni quand je suis pauvre ni quand je suis riche, quand donc voulez-vous que cela se fasse?

— Quand vous aurez éprouvé encore quelques déceptions, et que vous connaîtrez un peu plus la vie, répliqua la bonne femme. Cela peut venir du jour au lendemain.

— Eh bien, alors, jurez-moi que vous viendrez me voir dans le nouvel atelier que je me suis fait construire.

— Nous sortons très peu, dit la vieille dame.

— Je suis toute la journée au travail; je pars de bonne heure, et je reviens seulement à la nuit, ajouta Guiguiche.

— Mais le soir?

— J'ai grand sommeil.

— Mais le dimanche?

— Qui est-ce qui ferait mes robes?

— Prenez garde, vous ne me reverrez plus jamais, si je m'en vais encore cette fois-ci !

— Voyons, mon bon Monsieur Pierrot, calmez-vous! soyez raisonnable.

— Non, je ne veux pas être raisonnable et je ne veux pas me calmer! Promettez-moi que j'épouserai Guiguiche! Tout de suite!

— Pas tout de suite, mais plus tard.

— Non, tout de suite; la semaine prochaine, le temps de commander les choses nécessaires pour notre ménage.

— Monsieur Pierre, vous ne voulez donc pas écouter la raison?

— Non! »

Et voilà Pierre Létoile qui s'enfuit encore une fois sans rien entendre et sans vouloir comprendre que la mère Modeste avait peut-être d'excellents motifs pour lui parler ainsi. Était-il sûr du lendemain? Se sentait-il assez de courage pour devenir un chef de famille? Son père enfin consentirait-il à un mariage semblable? Autant de questions qu'il était impossible de résoudre, comme le voulait Pierrot, en huit jours.

Pierre, que la fortune brusque avait rendu un peu détraqué, sembla dorénavant prendre à cœur de donner raison en tout point à la prudence de la mère Modeste. Il se livra à mille folies, et jeta par les fenêtres l'argent qu'il gagnait, avec une telle insouciance et un tel entrain, qu'au bout de quelque temps il réussit à devenir aussi misérable qu'avant, et même à faire quelques dettes, avantage qu'il ne connaissait pas lorsqu'il avait quitté le toit paternel.

D'ailleurs son insouciance et sa belle humeur ne l'avaient point abandonné, mais il était temps qu'il redevînt pauvre; sans cela il se fût complètement gâté. Il avait, nous devons le dire à sa honte, presque complètement perdu de vue cette pauvre Guiguiche, et quant à sa sœur Blanchette jadis si chère, il n'y songeait que de loin en loin, et encore lorsque cela lui arrivait, il s'efforçait de repousser ce souvenir, car il sentait que sa bonne et sérieuse petite mère d'autrefois aurait été bien peu satisfaite de son fou de Pierrot. Et toujours il dépensait de plus en plus, en travaillant de moins en moins. Il s'étonnait que les gens ne vinssent pas lui

IL JETA L'ARGENT PAR LES FENÊTRES

acheter ses pensées sans qu'il prît la peine de les réaliser. A quoi bon peindre et dessiner encore, puisqu'il était Pierre Létoile, le célèbre Pierre Létoile ?

Un matin, le célèbre Pierre Létoile dormait dans son logement dont petit à petit les meubles et les bibelots s'étaient envolés, car il avait fini par trouver plus commode de vendre ces bibelots et ces meubles que de travailler pour vivre, comme le premier venu. Il rêvait que d'illustres personnages venaient lui faire une commande, avec force supplications, et lui payaient d'avance une somme considérable en beaux louis d'or. On frappait à sa porte, et il criait : « Entrez. » Il se frotta les yeux, et ne sut pas très bien pendant les premiers moments s'il dormait encore ou s'il était déjà éveillé.

Trois personnages, qui ne paraissaient pas autrement illustres, venaient de s'asseoir silencieusement au pied de son lit.

« Ah ! vous venez pour la commande? dit-il en se frottant les yeux et en bâillant.

— Non, pas pour la commande, dit l'un d'eux ; pour le commandement. »

Tous les trois éclatèrent de rire à ce jeu de mots, qui leur parut le plus plaisant du monde.

« C'est bien, posez ça là, » dit Pierrot encore tout brouillé de sommeil et poursuivant son idée de sacs d'écus.

Mais peu à peu ses impressions lui revinrent plus lucides. Les illustres visiteurs prirent des figures connues. L'un était gros et gras, sans cils, sans barbe et sans cheveux ; l'autre était doué d'une barbe clairsemée et se grattait avec frénésie ; le troisième était tout vert de bile, et riait du rire le plus mauvais que vous puissiez imaginer. Pierrot eut un affreux saisissement, et, bien qu'il fût courageux et que dans d'autres circonstances il n'eût fait que rire, il dit en se sentant défaillir :

« Bouracan !

— Lui-même, mon cher ami. J'ai bien l'honneur de vous saluer.

— Rouffignac !

— Té ! mon bon. Comment va, petit?

— Boulingre ! »

Boulingre ne répondit pas, mais continua à rire d'un air fielleux.

Ces anciens camarades d'Étude firent proprement leur office, et lui donnèrent à entendre qu'il n'avait plus qu'à s'habiller et à s'en aller loger en plein air, faute d'avoir su payer ses dettes en temps voulu. Pierre aurait eu envie de recommencer à jouer sur leur dos le finale de la danse du Grand-Serpent-Vert. Mais il était trop surpris et trop découragé. Il se contenta de faire un petit paquet de linge et d'habits, que les clercs d'huissier lui permirent d'emporter, et il s'en fut, tête basse, à travers les rues.

A pas lents, il se dirigeait vers l'ancien logis qu'il avait gardé, mais avec beaucoup moins d'allégresse et d'espoir que jadis.

Son petit lit était toujours là, et ses deux chaises, et la table sur laquelle il avait tant travaillé, puis si souvent monté pour apercevoir sa voisine Guiguiche. Tout cela lui paraissait bien loin. Il se sentait abattu, et ses tempes étaient brûlantes, ses oreilles bourdonnaient. Il se coucha avec une fièvre violente. Il était seul, bien seul! Dans son délire, il prononçait les noms de Guiguiche et de Blanche, de Blanche surtout. Mais elles étaient bien loin toutes deux, sans doute, et ne songeaient plus à lui. Et, sa fièvre redoublant, il s'agitait sur son lit, en se criant à lui-même : « Tu n'as que ce que tu mérites! C'est bien fait! »

CHAPITRE X

Pierre Létoile est bien malade; on ne sait pas s'il ne va pas mourir. Depuis deux jours et deux nuits, il est en proie au délire. Sa petite voisine Guiguiche, qui n'avait jamais voulu le voir à son atelier, même en compagnie de la mère Modeste, aussitôt qu'elle a appris son retour et sa maladie, s'est bravement installée à son chevet, et lui verse les tisanes, lui apporte les médicaments que prépare la bonne femme. Le médecin n'ose pas se prononcer. Ce médecin est un vieux petit savant du quartier, qu'on a été chercher à tout hasard. Il est tout ridoché, a les cheveux blancs, branle sans cesse la tête, et entrecoupe à chaque mot sa conversation de toussotements et de clapements de langue.

« Eh! mais, a-t-il dit aussitôt sa première visite, voici, hum! hum! voici qu'on m'appelle pour soigner un Pierrot malade, miam! miam! Mais, mais, il me semble, hum! hum! que je le connais. Comment, miam! miam! comment s'appelle-t-il?

— Pierre Létoile.

— Ah! ah! ah! Mais c'est très heureux, hum! hum! que vous soyez venu chercher le docteur Desmauves, miam! Il n'y a guère que lui qui soit capable de sauver un Pierrot aussi malade, hum! hum! si toutefois, miam! miam! il est possible de le sauver, hum! En attendant, vous allez, hum! hum! suivre les prescriptions que je vais faire, miam! miam! Et moi, je cours prévenir sa sœur, hum! hum! qui se désespère de ne pas savoir ce qu'il est devenu, miam! miam! et qui me tourmente sans cesse pour que je me mette à sa recherche, hum! hum! Le voici tout retrouvé. »

Et le petit médecin a pris sa canne et son chapeau, et s'en est allé chez M. Létoile annoncer à Blanche la nouvelle qui doit lui causer à la fois tant de joie d'avoir retrouvé son frère, et tant de chagrin de le savoir si mal. Dès les premiers mots, elle a mis divers objets et un peu d'argent dans un petit sac et a déclaré qu'elle allait être là-bas dans un instant.

« Où vas-tu? a demandé M. Létoile.

— Mais... soigner Pierrot, qui est au plus bas, a répondu Blanche tout en larmes, mais avec une extrême énergie.

C'est en vain que M. Létoile a pris ses grands airs d'autorité d'autrefois. Il est à présent bien cassé et bien affaibli, et ce n'est plus lui, depuis longtemps, qui est le véritable chef dans son administration. La volonté de Blanche n'admet pas de réplique et vient à bout de toutes les objections. Le petit père Létoile laisse sortir sa fille. Qui sait? Peut-être après d'aussi longues années d'éloignement se repent-il maintenant de ses aveugles sévérités, se sent-il un retour de tendresse pour son fils et éprouve-t-il un secret désir de revoir son mauvais sujet, quelque déshonneur qu'il ait jeté sur le nom illustre des Létoile. Il se propose même, pour se faire pardonner son premier mouvement de rigueur, d'accompagner sa fille, et c'est le docteur Desmauves qui doit lui-même le dissuader.

« Ah çà, s'écrie-t-il, vous croyez donc, hum! hum! que c'est si grand que cela chez votre fils, miam! miam! qu'on peut y donner un bal, hum? C'est tout juste si nous ne sommes pas déjà trop de nous trois, miam, miam, avec la voisine qui a bien voulu le garder, et il va bien falloir qu'elle cède la place, hum! hum! à Mlle Blanche. Il finirait par être si bien soigné, miam! miam! qu'au bout d'un couple d'heures, hum! il expirerait faute d'air, hum! hum! hum! »

Lorsque Blanche arriva, avec le docteur Desmauves, au logis de son frère, Guiguiche achevait de lui donner à boire en lui soutenant la tête, puis la reposait doucement sur l'oreiller. Le malade était aussitôt retombé dans sa prostration, ne voyant rien, ne reconnaissant personne. Guiguiche se rassit à son chevet.

Blanche éprouvait, à ce moment, un sentiment singulier, qui se composait de la joie de revoir son Pierrot, de la résolution de ne plus jamais le perdre de vue, de l'angoisse et de la peine en le trouvant si pâle et si près de rendre l'âme, enfin, faut-il le dire, d'un peu de jalousie de n'avoir pas été la première à le soigner,... et peut-être de n'être plus la seule à occuper sa pensée lorsqu'il reviendrait à la vie. Aussi dit-elle avec un peu moins de bonne grâce et d'amabilité qu'à son ordinaire, encore que gentiment souriante :

« Mademoiselle, je vous remercie d'avoir bien voulu vous déranger pour mon frère, et je vous suis bien reconnaissante de vos bons soins. Maintenant mon devoir est de vous épargner cette peine, et le docteur pensait tout à l'heure que deux gardes-malades pourraient nuire, avec la meilleure intention. »

Guiguiche ne répondit pas, mais la regarda simplement d'un air si suppliant et si navré que Blanche eut aussitôt honte de son langage. Elle se tourna du côté du docteur Desmauves comme pour attendre un démenti, et dans les yeux de Guiguiche, qui sentit bien ce brusque revirement, brilla une lueur d'éternelle reconnaissance. Le démenti ne se fit pas attendre de la part du bon petit médecin.

« Hum! je n'ai pas tout à fait dit cela, miam, miam, j'ai seulement demandé, hum! hum! qu'on ne gâte rien par trop de zèle. A part cela, miam! miam! arrangez-vous comme vous voudrez. »

Ce qui fait que Blanche s'installa d'un côté du lit, Guiguiche de l'autre, prêtes à veiller le pauvre Pierre aussi longtemps qu'il lui plairait de demeurer dans cet état. Cela fait aussi que Guiguiche se serait aussitôt jetée dans le feu si Blanche le lui avait demandé, et que Blanche, sentant bien cela, éprouva autant de sympathie que tout à l'heure de défiance pour cette petite qui lui souriait à travers les larmes qui avaient commencé à brouiller ses yeux. Enfin une autre conséquence de cette gentille association fut que le docteur Desmauves, tout en s'asseyant pour rédiger l'ordonnance d'une potion, se gratta le nez et parut être illuminé par une idée très ingénieuse.

Les deux gardes-malades se relayaient pour faire les commissions et ne dormaient qu'à tour de rôle.

« J'ai bien peur que cette petite Guiguiche, avec ses airs évaporés, ait oublié de donner la potion, » se disait Blanche.

« Si Mlle Blanche n'avait pas pensé à faire boire la potion! » se disait Guiguiche.

Et chacune, pendant l'absence ou le tour de sommeil de l'autre, avait grand soin d'administrer le précieux calmant. Lorsque, le lendemain matin, le docteur Desmauves revint prendre des nouvelles, la fièvre avait presque disparu, et Pierre dormait d'un profond et régulier sommeil.

« Voyons la bouteille de potion, » dit tout d'abord le médecin.

Et l'ayant examinée, il se frotta les mains en riant de toutes ses rides.

« Ah! ah! hum! hum! Juste ce que j'avais pensé, miam! miam! Combien avez-vous donné de cela au malade, hum! Mademoiselle Blanche?

— Mais, docteur, comme vous l'avez dit, une cuillerée toutes les deux heures.

— Parfaitement, hum! hum! Et vous, Mademoiselle Guiguiche?

— Mais, docteur, comme vous l'avez recommandé, toutes les deux heures une cuillerée.

— Parfaitement, miam! miam! parfaitement, ah! ah! ah! c'est-à-dire une cueillerée par heure à vous deux, juste ce qu'il fallait. Je ne m'étais pas trompé dans mes prévisions. Vous l'avez admirablement soigné, hum! hum! »

Et comme elles étaient toutes deux un peu penaudes, il ajouta aussitôt, sûr de les consoler :

« Heureusement, il n'a plus besoin, hum! de la moindre médecine, miam! miam! Il ne lui faut plus que du repos, hum! hum! beaucoup de repos. C'est la meilleure potion, et il n'y a pas de danger à exagérer la dose, ah! ah! Enfin, il est sauvé, miam! miam! miam! »

Blanche et Guiguiche continuèrent à veiller attentivement Pierrot. Elles ne se parlaient guère que par signes, de peur de troubler son sommeil. Pierre eut alors un rêve. Il se voyait très nettement dans sa petite chambre, se couchant malade et désespéré. La nuit profonde l'entourait et lui pesait sur le corps; il implorait du secours, lent, lent à venir. Puis il lui semblait, bien qu'il ne pût s'expliquer comment il pouvait s'en apercevoir sans avoir besoin de grimper sur sa table, que la petite fenêtre d'en face s'éclairait, que Guiguiche en sortait, et arrivait par sa fenêtre à lui, à travers les toits, avec des ailes bleues. Il commençait alors à sentir moins d'oppression, mais il lui manquait encore quelque chose. Ses regards se tournaient de tous côtés, et finissaient par se fixer en un point de la muraille, sur un petit dessin dans son cadre. Il reconnaissait bien le dessin qu'il avait fait jadis : Blanche arrivant vers lui, avec son cher sourire, sur un rayon de lune. Et voici que ce dessin devenait une miraculeuse réalité; il s'agrandissait, se colorait. C'était la nuit immense, toute pleine d'étoiles, et Blanche arrivait, doucement éclairée par la lune, et portée par de grandes ailes blanches. Les ailes blanches et les ailes bleues se joignaient alors au-dessus de sa tête, comme les rideaux d'un berceau, et l'ombre fraîche qu'elles apportaient à son front faisait à jamais fuir la fièvre et l'angoisse.

C'était, comme vous voyez, à part le chemin suivi et le mode de locomotion, un rêve assez peu différent de la réalité. La différence ne tarda pas d'ailleurs à s'effacer complètement, car Pierre ouvrit les yeux. Avec une profonde stupéfaction, il aperçut Blanche à sa droite et Guiguiche à sa gauche. Guiguiche sérieuse, mettant un doigt sur sa bouche pour lui ordonner le silence; Blanche, devenue tout à fait une femme, tellement grandie, tellement imposante presque, dans la rayonnante santé de ses vingt ans, qu'il hésitait encore à la reconnaître.

Il se sentait bien faible; il lui semblait être redevenu un tout petit garçon. Pierre bégaya, pleura, puis se rendormit, tandis que cette fois ses deux compagnes pleuraient à leur tour, silencieusement, et sentant leur cœur se fondre dans la commune affection.

La convalescence fut très longue, car Pierrot payait en une fois toutes ses privations, puis toutes ses folies, heureux encore d'être quitte à si bon compte. C'est à ce moment que Blanche se révéla tout à fait maîtresse de la situation.

« Pierrot, dit-elle, tu vas commencer par m'écouter, et il faut que tu me promettes de m'obéir de point en point, si tu veux que les affaires s'arrangent à notre gré à tous. »

Pierre promit tout ce qu'on voulut, quitte à élever des objections à chaque parole. Mais il n'y a pas à dire, il n'était pas le plus fort.

« Aussitôt que tu vas pouvoir sortir, reprit Blanche, c'est-à-dire dans trois ou quatre jours, tu quitteras Paris pour te rendre dans un endroit que je te dirai, où j'ai déjà écrit une longue lettre et où tu es attendu.

— C'est cela, dit Pierrot assis dans son lit et dégustant un consommé de poulet. C'est cela, je vais quitter Paris avec vous deux.

— Ah ! par exemple, c'est ce qui te trompe. Tu partiras tout seul.

— Alors je ne pars pas. Je m'ennuierais trop sans vous.

— Tu seras avec notre souvenir,... et avec un autre aussi, bien cher, mon pauvre Pierrot... La mère Marmotte t'attend à la ferme. Pour nous, nous avons bien d'autres choses à faire ici.

— Mais j'ai à faire, moi aussi ; il faut que je voie un tas de gens pour sortir d'embarras, que je finisse un tas de travaux commencés, pour pouvoir payer mes dettes...

— C'est cela ; tu as trouvé le meilleur moyen de retomber malade. Seulement, cette fois, ce ne sera plus ni Guiguiche ni moi qui te soignerons.

— Et Guiguiche, que va-t-elle devenir ?

— Ce qu'elle devenait avant. Elle se passait bien de toi, n'est-ce pas ? Pourtant, puisqu'il faut tout te dire, j'ai pu m'apercevoir pendant tes longs sommeils qu'elle travaillait comme une fée. Je la prends avec moi, pour finir, moi aussi, une foule de choses qui sont restées en retard. Tu crois que mes clients se contenteront de cette raison que j'ai eu à soigner une mauvaise tête comme la tienne ?

— Et le papa Létoile, qu'est-ce qu'il dira de cela ?

— Papa ne s'occupe jamais de mon entreprise. Ma clientèle, mes ouvrages, mes ouvrières, tout cela forme une administration tout à fait indépendante de la sienne... et beaucoup plus prospère.

— Mais mon atelier, mes créanciers, mon mariage ?

— Quel mariage ?.. Nous avons joliment le temps de penser à cela ! Quant à ton atelier et à tes créanciers, tu les retrouveras toujours à ton retour,... peut-être un peu changés. Mais si tu ne t'en rapportes pas à moi, tu peux nous dire adieu à toutes les deux. Tu t'arrangeras tout seul si tu peux. »

Il fallut bien que Pierrot en passât par où Blanche voulait. Quatre

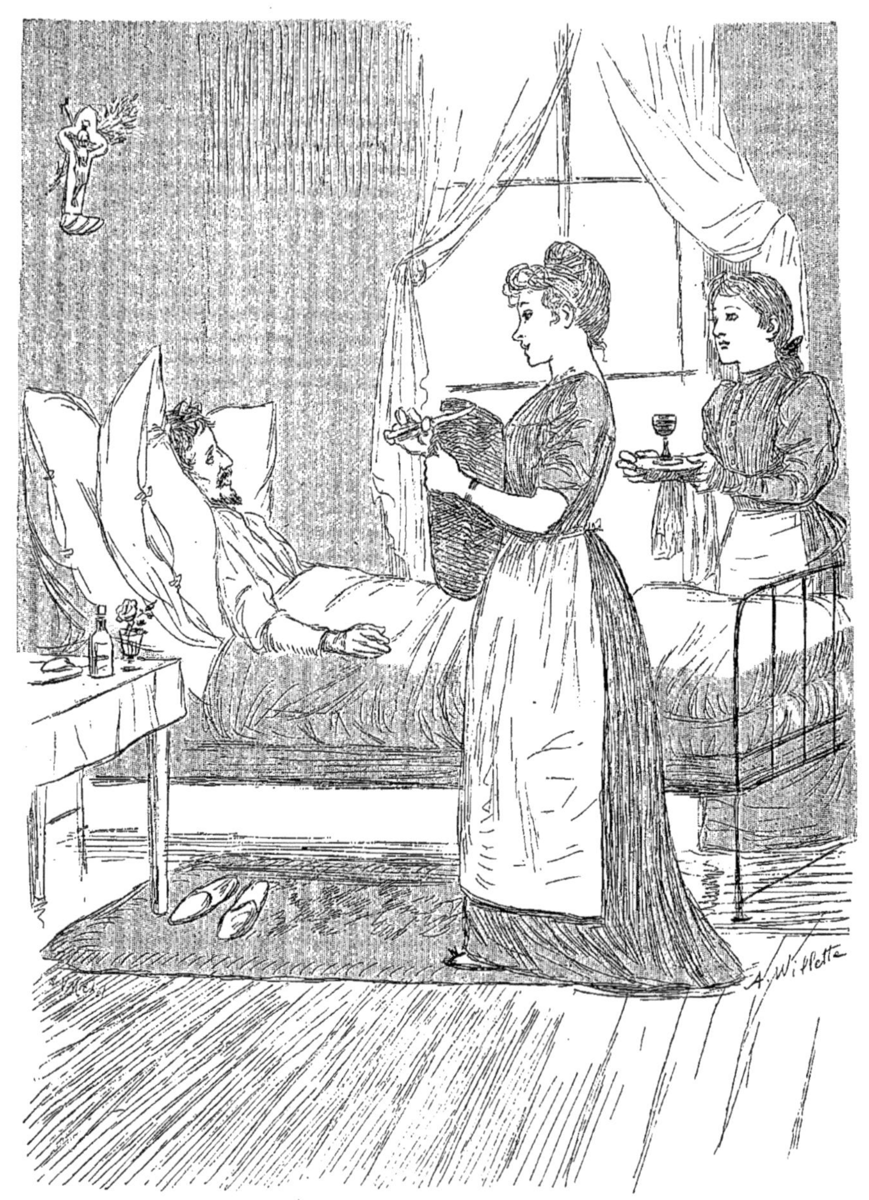

IL APERÇUT BLANCHE A SA DROITE ET GUIGUICHE A SA GAUCHE

jours après il quittait Paris et arrivait à la ferme, où la mère Marmotte, qui n'avait plus beaucoup de cheveux, plus du tout de dents, et ne pouvait presque plus marcher, le reçut en pleurant de joie.

« Ah ! mon petit gas ! ah ! Monsieur, que je veux dire, comme vous voilà changé ! Comme te voilà un homme ! Je suis bien contente de te revoir avant de mourir. Oh ! mais, ne fais pas comme cela : Non, de la tête. Tu ne sais donc pas que ta mère Marmotte a près de quatre-vingts ans, et qu'elle a déjà un pied dans la terre et l'autre qui n'est pas loin d'y entrer ? Enfin, j'ai reçu de tes nouvelles par Blanche, une jeune fille bien sensée, vois-tu ; eh bien, tu as besoin de repos, mon Pierrot ; repose-toi, fais comme si tu étais chez toi. Oui, répéta-t-elle en branlant la tête d'un air malicieux, tu es chez toi, tu es chez toi, tout à fait chez toi. »

Il faut croire que cela lui plaisait à dire, car elle le répéta encore cinq ou six fois, en riant de toute sa vieille bouche édentée.

Sans trop savoir quel sens mystérieux elle attachait à cette recommandation, Pierrot la suivit à la lettre. Il renaissait à la vie et à l'espoir, au milieu de cette bonne grasse nature. Comme au temps jadis, se sentant redevenir un gamin, il flânait longuement à travers champs et à travers bois ; il conversait avec les chiens, les poules, les moutons et les vaches. Parfois, encore un peu épuisé, il restait assis à côté de la mère Marmotte et lui débitait mille folies qui la faisaient rire, ou évoquait des souvenirs qui l'attendrissaient. Souvent ils parlaient de la pauvre maman Létoile, si douce, si regrettée, ou de Blanchette qui pendant plusieurs années, tant que cela lui avait été possible, l'avait si bien remplacée, avait si bien rempli envers Pierrot le rôle d'une petite mère, et qui, maintenant que, par un grand bonheur, elle l'avait retrouvé, s'occupait sans doute encore de lui pour veiller sur lui, le sauver. Pierre n'avait pas, en effet, reconquis son énergie et ses belles espérances de la vingt-cinquième année ; il se préoccupait de ce qui pouvait se passer à Paris, mais ne se sentait pas le courage de se remettre à travailler, à lutter. Il n'éprouvait ni plaisir ni peine, et si les forces revenaient à son corps, elles étaient plus lentes à revenir à son esprit.

Dans ses entretiens avec la mère Marmotte, il aimait à évoquer les souvenirs de sa mère. Son image lui apparaissait très grande et très pure, sans qu'il en ressentît comme autrefois une peine poignante. Quant à la mère Marmotte, sans que Pierrot comprît par quelle association d'idées, elle ne manquait jamais de terminer ces conversations par sa parole favorite : « Oui, oui, mon gas, ta mère serait bien contente ; repose-toi comme chez toi; tu es tout à fait chez toi. »

Pierre repassait aussi ses dernières années, pensait à tout le temps gaspillé, et désespérait de le rattraper lorsqu'il se remettrait à la besogne. Et d'ailleurs, comment? Dans quelles conditions? Il ne pouvait plus quitter Blanche, maintenant qu'elle était venue lui sauver la vie, et qu'il connaissait les sentiments plus doux de son père à son égard. Mais alors que deviendrait Guiguiche? De temps en temps une petite lettre de Blanchette arrivait à la ferme, lui disant : « Tout finira par aller bien. Encore un peu de patience. » Il lui semblait bien deviner une nuance d'inquiétude dans ces mots; et si Blanche ne lui avait recommandé, ne l'avait supplié même, de ne pas quitter la ferme, il serait certainement revenu bien vite à Paris. Toutefois la vie calme et régulière, les parfums des bois, les grandes observations de la vie des bêtes, les égards dont il fallait entourer la bonne mère Marmotte, tout cela calmait son souci et le berçait.

Et finalement Pierrot, après s'être senti mourir, se laissait revivre, tout engourdi de grand air, tout grisé de bon soleil, attendant avec une confiance souriante que le bonheur lui tombât, comme les alouettes toutes rôties au pays de Cocagne, du haut du ciel complaisant.

Une bonne partie des économies de Blanche y a passé, une somme très ronde ; mais elle est joliment contente, la sœur de Pierrot. Elle s'applaudit, elle est fière de son œuvre. C'est la première chose qu'elle a tenu à faire : elle a voulu que son frère fût, quoi qu'il arrivât, au moins à même de se remettre au travail sans avoir à craindre de coucher le lendemain à la belle étoile. Pour cette laborieuse petite personne, l'important est d'avoir un coin à soi, un endroit où l'on puisse travailler en toute liberté. Aussi elle s'est mise en tête que Pierre, lorsqu'il reviendra, devra, comme s'il se réveillait d'un rêve mouvementé, se retrouver exactement dans les mêmes conditions qu'avant sa maladie.

Cela lui a coûté un nombre infini de démarches, beaucoup de fatigues qu'elle ne regrette pas. Elle a su, en se renseignant de côté et d'autre, où était l'atelier de son frère. Que de craintes! S'il allait être loué! Puis, une grande joie; il attend encore un locataire; trois mois d'avance sont aussitôt payés. Après cette première victoire, il faut meubler cette solitude, mais en conservant exactement l'aspect que lui avait jadis donné l'hôte. C'est un travail de reconstitution très difficile. Enfin Blanche, petit à petit, y parvient en interrogeant des concierges, des fournisseurs, des voisins, et jusqu'aux clercs de Mᵉ Lépineux, et c'est la seule circonstance dans laquelle le terrible ami de son père aura pu être utile à Pierrot. A chaque instant, on voit Blanche arriver dans la noire et sale Étude de l'huissier, qu'elle illumine et qui n'avait jamais connu visites aussi gracieuses et surtout affaires aussi fantaisistes et aussi peu lucratives. La fonction de Mᵉ Lépineux étant plutôt de démeubler les appartements que les remeubler, il faut que ce soit Blanche pour obtenir une pareille exception aux usages de la chicane.

« De quelle couleur était telle tenture? A quel endroit était placé tel meuble? Comment! vous ne vous rappelez pas si le divan était dans le coin droit ou dans le coin gauche? Mais les procès-verbaux de saisie, pour quoi est-ce faire? Vite, consultez-moi cela, mon bon Monsieur Bouracan; faites appel à votre mémoire, Monsieur Rouffignac. »

En vérité, les clercs de Mᵉ Lépineux, y compris le bilieux Boulingre lui-même, deviennent les collaborateurs les plus complaisants, et ils finissent par trouver autant de plaisir à remettre Pierrot dans ses meubles qu'ils en avaient éprouvé à l'en expulser. Enfin, avec l'aide de Mᵉ Lépineux lui-même, Blanche obtient des créanciers de Pierre Létoile toutes sortes de délais et d'arrangements. Et voilà pourquoi Blanchette est si contente. Toutes les choses sont remises à leur place; en rachetant une partie des meubles et des bibelots, en s'en procurant de semblables quand le rachat n'est pas possible, elle est parvenue à rendre si bien à l'atelier sa physionomie, que, de l'avis de tous, Pierrot lui-même, s'il arrivait demain, s'y tromperait. Il n'y a qu'une chose qu'il ne reconnaîtrait plus : la disposition de ses créanciers à son égard.

Voilà certainement de grands miracles; mais à la joie de les avoir accomplis, Blanche sentit tout d'un coup succéder le découragement, la crainte de ne pas venir à bout des difficultés qui restaient à vaincre. Elle voulait que son frère, en revenant à Paris, fût parfaitement heureux, dès le commencement. Avec sa nature faible, facile à décourager, facile aussi à remettre en train, il importait d'avoir un bon point de départ. Blanche se disait qu'une fois son frère bien remis à flot, il ne mènerait pas plus mal sa barque qu'un autre, et se sentirait obligé, ne fût-ce que par reconnaissance pour les sacrifices faits pour lui, à reprendre dans le monde une bonne situation.

« Alors, se disait Blanche, ma tâche sera finie, ou du moins le plus rude, et ma pauvre maman Létoile sera contente. Mais comment continuer maintenant ce qui n'est pas trop mal entrepris? »

Les quelques jours qu'elle avait passés côte à côte avec Guiguiche au chevet du malade lui avaient suffi pour se convaincre que cette jeune fille avait le plus excellent petit cœur, l'esprit le plus courageux, et en même temps le caractère le plus enjoué que l'on pût souhaiter pour la femme d'un Pierrot. Elle l'aima donc bien vite, et son amitié s'augmenta pendant le temps qu'elles passèrent ensemble, en attendant les grands événements. Blanche eut de longues conférences avec la mère Modeste, de longues correspondances avec la mère Marmotte. Des premières il résultait qu'il n'y avait plus guère d'obstacle de la part de la mère Modeste, ni de Guiguiche, à ce que celle-ci devînt Mme Létoile. Des lettres échangées avec la mère Marmotte il ressortait clair comme le jour que Pierrot, interrogé adroitement, pensait plus que jamais à Guiguiche.

« Vous comprenez, ma chère demoiselle, disait Mme Modeste, qu'autrefois nous avions peur surtout de la jeunesse de M. Pierre. Il avait besoin que la vie lui donnât une bonne leçon. Maintenant il est devenu raisonnable à ses dépens; c'est le principal. Il pourrait venir de mauvais jours, cela nous serait égal. Ce n'est pas la misère qui nous fait peur; c'est une trop vieille connaissance. Quant à votre frère, plus il sera entouré d'affections, plus il fera vite son chemin. »

« Ma bonne petite Blanche, écrivait la mère Marmotte en cachette, je suis heureuse que les choses tournent aussi bien que tu le dis. Si Pierrot a une femme seulement moitié aussi bonne que sa sœur, il ne sera vraiment pas mal partagé. Quant à la gêne, elle ne sera plus jamais à craindre pour lui. Comme je te l'ai dit et comme je l'avais juré à sa pauvre mère, c'est lui qui est mon héritier. Il aura la ferme, et je me suis arrangée de façon à ce qu'il ne puisse jamais ni la céder ni la vendre; de cette manière son bien sera à l'abri de ses coups de tête. De plus, la mère Marmotte lui laisse un bon petit bas de laine. Ah ! je m'amuse bien quand je lui répète, en façon de plaisanterie, qu'il fasse comme chez lui... Tout ira bien... Seulement, ma Blanchette, tu ne me dis rien de ton père. Qu'est-ce qu'il pense de tout cela, le cher homme, lui qui était si peu commode ? »

Eh ! c'était justement là le dernier et le plus terrible obstacle. Blanche, arrivée à ce point de sa tâche, ne pouvait y songer sans trembler. Elle s'était montrée à ce point habile et diplomate, elle avait si bien préparé et retourné l'esprit de M. Létoile, que celui-ci non seulement avait eu la magnanimité extraordinaire de pardonner à Pierrot ses plus abominables méfaits, y compris les cordons de sonnette du Ministère de la Justice, mais encore demandait à chaque instant des nouvelles de « ce pauvre garçon », et qu'on avait toutes les peines du monde à l'empêcher de partir pour la ferme. Seulement, s'il avait oublié le passé, on ne lui avait encore rien dit de l'avenir, et c'est là que tout pouvait s'effondrer.

Le cœur battait bien fort à Blanche quand, un matin, tout en souriant et en folâtrant avec le père Létoile, elle aborda la redoutable question.

« Eh bien, avait demandé le chef de bureau en la voyant ouvrir une lettre, comment va-t-il, ce grand mauvais sujet d'« artiste » ?

— Oh ! tout ce qu'il y a de mieux, papa. Il va même trop bien. Je crois qu'il commence à s'ennuyer là-bas ; il se plaint d'engraisser.

— Il faut donc lui dire de revenir.

— Oui, mais je suis sûre qu'une fois revenu, il s'ennuiera bien plus encore, mais qu'alors il maigrira. Moi, je sais ce qu'il lui faudrait.

— Quoi donc ?

— Il faudrait que Pierrot se marie.

— Voyez-vous cela, Mademoiselle ? Le fait est qu'il a l'âge. Eh bien, nous lui trouverons une jeune fille, tout ce qu'il y a de mieux dans le monde administratif. M. des Cabuches ou Me Lépineux ont de superbes relations.

— Oh ! quelle horreur ! s'écria Blanche étourdiment, ce qui fit un peu froncer le sourcil à M. Létoile. Mais ce n'est pas cela du tout qu'il faut à Monsieur mon frère.

— Vraiment ! Et pourquoi ?

— Mais... ce serait un peu trop sérieux pour lui. Il aurait peur d'une femme qui lui viendrait d'un huissier ou d'un chef de division ! Moi, je crois bien être sûre de ce qu'il désirerait...

— Alors parle, » dit M. Létoile avec impatience, et le sourcil de plus en plus froncé.

Patatras ! Lorsqu'il eut appris que Pierre Létoile, fils de Létoile (O.-I.), voulait épouser une Mlle Guiguiche, sans autre nom, et n'ayant d'autre famille connue qu'une bonne femme répondant au nom de la mère Modeste, il retrouva son inflexibilité d'autrefois et déclara que jamais il ne consentirait à ce mariage. Blanche eut beau désormais lui tenir les discours les plus convaincants, lui prêcher les qualités de Guiguiche, son dévouement, et lui débiter toutes les choses touchantes que son cœur lui inspirait, M. Létoile demeura invariable dans sa volonté, et ne voulut pas même voir ni Guiguiche ni la mère Modeste.

Blanche était désolée, voyant le temps se passer et la situation demeurer sans issue. C'est à ce moment-là qu'elle écrivait à Pierrot de prendre patience ; mais elle se sentait elle-même bien découragée.

Elle voulut alors faire agir de secrètes influences. Tout d'abord, elle dépêcha auprès de son père le bon petit docteur Desmauves. Mais celui-ci expliqua en vain que Mlle Guiguiche était la plus charmante personne, et multiplia ses hum ! les plus insinuants, et ses miam ! miam ! les plus persuasifs. Il en fut pour sa peine.

Blanche pensa ensuite que le docteur pourrait intéresser à la cause l'homme qui avait le plus d'influence sur son père, M. Protocol des Cabuches en personne. Ce n'était pas la meilleure inspiration de la sœur de Pierrot ; car le docteur Desmauves et M. Protocol renouvelant, mais avec plus de vivacité, la discussion dont nous avons vu au début un échantillon, ne furent pas depuis plus de cinq minutes en conférence qu'ils échangèrent les paroles les plus désagréables du monde. Le bon docteur revint de sa mission furieux pour son compte, et désolé pour celui de Blanche.

« Eh bien, j'irai moi-même en ambassade, dit-elle.

— Mon Dieu, Mademoiselle, répondit M. des Cabuches après l'avoir attentivement écoutée, je suis convaincu de vos excellents sentiments, et même de la vérité de tout ce que vous me dites ; mais en conscience, il m'est absolument impossible de conseiller à mon ami Létoile de laisser son fils épouser une femme sans nom... car enfin, Guiguiche, cela ne peut pas passer pour un nom sérieux. »

Nous avons vu que Blanche n'était en aucune circonstance étourdie ni inconsidérée; mais cette fois, elle s'aperçut avec confusion qu'elle l'avait été au plus haut degré pour la chose la plus importante. Jamais elle ne s'était avisée que la mère Modeste et Guiguiche pussent avoir d'autres noms, et n'avait même songé à le leur demander, parce qu'elle les avait tout de suite aimées beaucoup, qu'elles avaient été bonnes pour son frère, et qu'elle croyait cela absolument suffisant pour que ses projets dussent marcher comme sur des roulettes.

« Mais, ma pauvre enfant, pourquoi ne m'avez-vous pas avertie de ce que vous aviez l'intention de faire? dit la mère Modeste, à qui elle vint raconter ses déceptions. Pourquoi ne m'avez-vous pas dit que vous alliez parler à votre père, et, une fois que vous lui avez parlé, pourquoi ne pas m'en faire part? Je vous aurais dit qui nous étions et d'où nous venions.

— Je voulais faire une heureuse surprise à tout le monde, dit l'infortunée Blanchette.

— Maintenant, dans la disposition où me semble votre père, je crains bien que cela ne serve pas à grand'chose; car nous sommes d'une famille très pauvre et peu capable de jeter de l'éclat sur la vôtre par notre alliance. Je me nomme Modeste Procol; j'avais quatorze frères et sœurs qui se sont dispersés un peu partout, et que j'ai perdus de vue depuis longtemps; ils sont allés courir le monde... J'ai été veuve de bonne heure, et j'ai eu le chagrin de voir mourir une fille et un gendre qui ont laissé à ma garde cette petite Marguerite que nous avions toujours appelée de son bégayement enfantin, Guiguiche. Vous voyez que notre histoire n'est pas bien compliquée. J'oubliais de vous dire encore que nous sommes d'un petit village qui a nom les Cabuches, dans le département...

— Mais vous connaissez peut-être M. Protocol! s'éria Blanche en coupant impétueusement la parole à la mère Modeste. Nous sommes sauvés!

— Je ne connais pas de Protocol, mais cela ressemble bien à Procol...

— Venez avec moi, tout de suite! dit Blanche, c'est notre dernière chance de salut. »

Et tout d'une traite elle emmène la mère Modeste chez M. Protocol des

Cabuches. Voilà qu'au bout de quelques explications la mère Modeste et M. des Cabuches tombent dans les bras l'un de l'autre. Le frère et la sœur sont ravis de se retrouver après environ douze longues années de séparation. Pour nous, cela nous suffit, et nous garderons, si vous voulez bien, pour une autre occasion, l'histoire des douze autres frères et sœurs Procol. M. des Cabuches dut bien avouer, avec un peu d'embarras, que, pour réussir dans le monde, il avait pris un nom sonore, — ce qui, soit dit en passant, réduisait à néant ses illustres origines, son arrière-grand-père commis de Colbert, etc., — mais il fut convenu que ceci ne serait pas divulgué.

M. Létoile pensa perdre la tête en apprenant que son fils aurait l'honneur insigne d'épouser la propre petite-nièce de son chef de division. Quant à Pierrot, cela lui était bien égal et n'ajouta absolument rien à son bonheur. Le mariage eut lieu à la ferme de la mère Marmotte, qui eut cette dernière joie avant d'aller rejoindre Mme Létoile dans le monde des bonnes âmes.

Et Blanche? Oh! elle était tellement heureuse qu'elle ne demandait pas d'autre récompense. Mais il nous semble que c'est maintenant à Pierrot, qui lui doit tant, de s'occuper un peu d'elle.

SOCIÉTÉ ANONYME D'IMPRIMERIE DE VILLEFRANCHE-DE-ROUERGUE
Jules Bardoux, Directeur.

www.ingramcontent.com/pod-product-compliance
Ingram Content Group UK Ltd.
Pitfield, Milton Keynes, MK11 3LW, UK
UKHW022105190726
13855UKWH00002B/665

9 782013 245401